감정기래스

루 프 테 일
소　설　선

감정거래소

1판 1쇄 찍음　2026년 4월 7일
1판 1쇄 펴냄　2026년 4월 15일

지은이　나희정
펴낸이　신주현 이정희
디자인　Labi.D
마케팅　신보성
제작　(주)아트인

펴낸곳　루프(LOOP)
출판등록　2009년 11월 11일 제311-2009-33호

주소　03345 서울시 은평구 통일로 856 메트로타워 1117호
전화　02) 355-3922
팩스　02) 6499-3922
전자우편　mdsam@mdsam.net
홈페이지　http://mdsam.net
인스타그램　@mdsam2011

ISBN　978-89-6857-261-6 04810
　　　　978-89-6857-258-6 (SET)

루 프 테 일
소 설 선

감정 기래스

나 희 정
장 편 소 설

loop

페이지 너머 이야기의 곡선, LOOP

루프(LOOP)는 미디어샘의 소설 레이블로, 페이지 너머까지 이어지는 이야기의 곡선을
따라 새로운 재미를 탐색합니다. '루프테일소설선'은 긴 꼬리처럼 끝없이 뻗어 나가는
이야기 실험의 연속선입니다. 현대적 감수성과 상상력이 결합된 서사를 통해 익숙함에
기대지 않는 소설 읽기의 즐거움을 전하는 작품들을 선보입니다.

차례

2062년 서울.

거리는 언제나처럼 평온했고, 사람들은 더 이상 가슴 속에 희로애락을 담아두지 않았다.

2035년, 인류는 감정을 추출할 수 있는 'E-익스트랙션 E-extraction' 기술을 본격적으로 상용화했다. 사람들은 감정을 느끼기보다 추출해 거래하고 소비하며 살아간다. 감정이 자산이 된 시대, 그것이 지금의 서울이다.

기생비 최악의 감정

2062년 10월 29일 오전 9시 30분. 감정 추출 센터 대기실에는 언제나처럼 상쾌한 시트러스 향이 감돌고 있었다. 우드 톤으로 차분하게 꾸며진 공간에는 인공적인 평온이 방부제처럼 깊숙이 스며들어 있었다. 데스크 옆 커다란 화면에서는 감정거래소 광고가 끊임없이 흘러나왔다.

"하루 10분, 감정 추출 센터에서 당신의 감정을 자산으로 바꾸세요. 평온은 더 깊어지고, 기쁨은 더 단단해지며, 슬픔조차 새로운 의미를 갖게 됩니다."

홍보 영상 속에는 편안한 안마의자를 닮은 감정 추출기에 우아한 젊은 여성이 앉아 눈을 감고 있었다. 잠시 뒤 여성이 천천히 눈을 뜨자, 직원이 건넨 감정 거래 영수증이 그녀의 손에 쥐어졌다. 그녀는 마치 복권에 당첨된 사람처럼 환하게 웃고 있었다.

"이모션 익스체인지Emotion Exchange, 감정거래소에서 당신의 감정은, 당신의 미래가 됩니다."

사람들은 감정 추출 센터 데스크 앞 키오스크에 조용히 줄지어 서 있었다. 모두 혼자였다. 감정 추출 센터에 누군가와 함께 오면 안 된다는 규칙이 있는 것은 아니었지만, 사람들은 좀처럼 다른 이와 이곳을 찾지 않았다. 자신에게서 어떤 감정이 추출되는지를 드러내는 일은, 가족끼리도 쉽게 나눌 수 없는 비밀처럼 여겨졌다. 감정은 가장 내밀한 계좌의 잔고와도 같았다.

이도윤은 자신의 차례가 오자 키오스크에 이름과 생년월일을 입력했다. 손끝은 미세하게 떨리고 있었다. 숫자 하나를 누를 때마다 숨이 점점 짧아졌다. 화면에는 그동안 추출한 감정 내역과, 그 감정들이 정산된 금액이 날짜별로 나란히 떠 있었다.

2062.1.3. 분노 C 100g, 1,000원

2062.2.4. 분노 C 100g, 500원

2062.3.5. 분노 C 100g, 600원

2062.4.5. 분노 C 100g, 700원

일렬로 늘어선 '분노'라는 단어는 도윤의 삶을 꿰뚫고 지나가는 붉은 실처럼 보였다. 그것은 태어날 때부터, 어쩌면 그보다 훨씬 전부터 정해져 있던 운명인지도 몰랐다. 그는 부모가 누구인지 알지 못했다. 보육원 기록에는 자신을 낳자마자 떠나버린 어머니의 이름만 적혀 있을 뿐이었다. 하지만 한 가지는 분명했다. 자신을 낳은 사람들 역시 분노 생성자였으리라는 것. 평온 생성자의 아이가 이렇게 버려질 리 없었다. 부모의 얼굴은 한 번도 본 적 없지만, 도윤은 자기 피를 떠올릴 때마다 그 안에 붉고 뜨거운 무언가가 섞여 있다고 믿었다. 그것은 끝내 지워지지 않는 체질처럼 느껴졌다.

감정 시세는 매일 달라졌다. 하지만 C등급 분노의 가격은 1g당 10원을 좀처럼 넘지 못했다. 감정 역시 수요와 공급의 법칙에서 예외일 수는 없었다. A등급 감정은 해마다 더 비싸졌고, C등급 감정은 사소한 이유만으로도 끝없이 넘쳐났다. 추워서, 더워서, 배고파서, 잠이 부족해서, 길이 막혀서, 시끄러워서.

"행복한 가정은 모두 비슷한 이유로 행복하지만, 불행한 가정은 저마다의 이유로 불행하다"는 톨스토이의 문장처럼, 행복한 감정은 놀라울 만큼 비슷한 경로를 거쳐 생겨났지만, 불행한 감정은 언제나 독창적이고 예측하기 어려우며 또 다양했다. 찌든 일상 속에시 사람들은 의지와 상관없이 이런 C등급 감정을 끊임없이 만들어내고 있었다. 그래서 감정 시장에서 C등급은 언제나 공급 과잉 상태였고, 가격은 좀처럼 오를 수 없었다. 도윤은 화면을 스크롤하며 지난 기록을 천천히 내려다보았다. 그러다 그의 손가락이 특정한 날짜 앞에서 멈췄다.

2061.6.15. 기쁨 B 20g, 80,000원

그날은 도윤의 삶에서 유일하게 기쁨이 생성된 날이었다. 도윤은 눈을 감았다. 1년 전 여름의 기억이 파편처럼 떠올랐다. 그녀를 만난 것은 우연이었다. 하지만 도윤은 그것이 필연이었다고 믿었다. 카페에서 실수로 그녀의 커피잔을 쏟았고, 사과하는 그의 어색함에 그녀가 먼저 웃었다. 그녀의 웃음은 물결처럼 번져왔다.

그 석 달 동안 도윤은 처음으로 가슴속에서 분노가 아닌 다른 감정이 자라나는 것을 느꼈다. 아침마다 휴대폰을 확인했고, 그녀가 보낸 메시지 하나에도 심장이 두근거렸다. 함께 걸었던 한강변과 손을 잡았던 순간, 자신을 바라

   감정거래소

보던 그녀의 눈빛까지. 그 모든 순간이 도윤을 조금씩 다른 사람으로 바꾸어놓는 것만 같았다.

감정 추출 센터에서 인생 처음으로 '기쁨 B 20g'이라는 결과가 나왔을 때, 도윤은 영수증을 두 번이고 세 번이고 뒤집어보았다. 센서링을 만져보고, 의자 팔걸이를 두드려보고, 끝내는 영수증 끝을 손톱으로 긁어보기까지 했다. 태어나 처음 생성한 B등급 기쁨이었다. 1g당 4,000원짜리 감정이었다. 영수증에 찍힌 80,000원은 분명 실제였다. 그는 그 돈으로 그녀에게 꽃다발을 사줄 수 있었다.

하지만 행복은 신기루처럼 오래 머물지 않았다. 그녀가 떠난 것은 가을이 깊어질 무렵이었다. 이유는 단순했다. 도윤과 함께 있으면 불안해진다는 것. 그녀는 평온한 사람이 필요하다며 떠났다. 그 말을 듣는 순간, 도윤의 입에서는 욕이 먼저 튀어나왔다.

'거지 같은 인생.'

그 뒤로 도윤의 분노 생성량은 두 배로 늘었다. 2061년 12월 기록을 보면, 그는 한 달 내내 매일 250g이 넘는 분노를 추출했다. 가격은 형편없었지만 양만큼은 넘쳐났다. 마치 몸 전체가 분노를 찍어내는 공장 같았다.

인적사항을 확인한 뒤 다음 페이지로 넘기자, 오늘의

감정 시세표와 함께 추출을 원하는 감정을 선택하는 화면
이 떠올랐다.

2062년 10월 29일 감정 시세표

A등급
평온Serenity 1g 100,000원 ▲ 5%
열정Passion 1g 50,000원 ▲ 2%
희망Hope 1g 10,000원 ▲ 3%

B등급
기쁨Joy 1g 4,000원 ▼ 1%
자신감Confidence 1g 3,000원 —
슬픔Sorrow 1g 1,000원 ▼ 2%

C등급
체념Resignation 1g 30원 ▼ 10%
불안Anxiety 1g 20원 ▼ 8%
분노Anger 1g 10원 ▼ 5%

※ 시세는 거래소 시스템 알고리즘에 따라 매일 갱신됩니다.
※ 오늘의 거래량: A등급 532kg/B등급 2,340kg/C등급
45,678kg

                                                            감정거래소

이도윤은 분노 생성자였다. 분노는 곧 도윤 자신이나 다름없었다. 매일 아침 눈을 뜨면 가슴속에서 불씨가 꿈틀거리는 것이 느껴졌다. 출근길 지하철에서도, 점심시간 식당에서도, 퇴근 후 좁은 방에서도 그랬다. 분노는 언제나 한 박자 먼저 도윤의 몸에 도착했다. 그러니 어느 순간부터는 그것이 자기 것이라고 받아들이는 편이 더 쉬웠다. 이유를 일일이 찾지 않아도 되었고, 저항하지 않으면 조금은 덜 아팠다. 물살에 휩쓸리는 일을 받아들이면, 익사하는 순간마저 잠시 고요해질 수 있는 것처럼.

하지만 운명을 받아들이는 일은 생각만큼 쉽지 않았다. 자신이 분노밖에 만들지 못한다는 사실을 알면서도, 도윤은 평온을 위해 할 수 있는 일이라면 뭐든 해봤다. 요가도 했고, 명상도 했고, 강의도 들었고, 유료 멤버십에도 가입했다. 빠듯한 형편에 겨우 모은 돈은 그런 데로 모조리 들어갔다. 통장은 점점 비어갔지만, 도윤은 좀처럼 포기할 수 없었다. 그런데도 그의 간절함을 비웃기라도 하듯, 호흡을 가다듬으면 가다듬을수록 가슴속의 분노는 오히려 더 짙어졌다.

도윤은 오늘도 키오스크 화면에서 '평온 10g 생성' 버튼을 손톱으로 꾹 눌렀다. 힘이 잔뜩 들어간 손톱 밑이 하얗게 질려 있었다.

'할 수 있어.'

도윤의 시선은 키오스크 화면에 적힌 평온의 시세로 향했다. A등급 감정인 평온 1g은 10만 원. 10g이면 100만 원이었다. 이것만 성공하면 이번 달 월세의 절반은 당장 해결할 수 있었다. 하지만 도윤이 분노로 그 돈을 벌려면 무려 10만g을 짜내야 했다. 한 달 내내 감정 추출기에 앉아 있어도 불가능한 양이었다.

'제기랄.'

욕설이 목구멍까지 치밀어 올랐다. 도윤은 이를 악물고 겨우 삼켜냈다.

'이너피스Inner Peace⋯. 이너피스⋯.'

도윤은 턱에 힘을 꾹 주며 마음을 다잡았다. 어금니가 맞부딪히는 소리가 두개골 안쪽에서 둔하게 울렸다. 인터넷에서 배운 대로, 유튜브에서 본 대로, 지난 한 달 동안 독학한 대로만 해내면 평온이 1g이라도 나올지 모른다고 그는 스스로를 설득했다. 오늘은 다를 것이라고. 오늘은 될 것이라고.

키오스크는 도윤에게 7번 감정 추출기를 배정했다. 도윤은 키오스크에서 받은 디지털 카드를 쥔 채 추출기로 향

                                                    감정거래소

했다. 한 걸음 한 걸음이 유난히 무거웠다. 마치 심판대 앞으로 걸어가는 기분이었다. 그는 숨을 길게 들이마셨다가 내쉬고, 다시 천천히 들이마셨다. 그리고 안마의자처럼 생긴 감정 추출기에 몸을 눕히듯 앉았다. 추출기는 땀 분비량과 심박, 미세한 뇌파를 읽어 감정을 추출한 뒤, 그것을 최소 거래 단위인 E-유닛Emotional-unit으로 변환한다. 잠시 뒤 센서링이 자동으로 도윤의 후두부를 감쌌다. 차가운 감촉이 닿는 순간, 도윤의 머릿속이 하얗게 비어버렸다. 마치 누군가 그의 두개골을 열어 안을 들여다보는 것 같았다. 그는 발가벗겨진 듯한 기분에 휩싸였다. 그리고 그 순간, 자신도 모르게 심장이 가쁘게 뛰기 시작했다.

안녕하세요. 이도윤 님, 오늘의 감정 추출 세션을 시작합니다. 감정 분석 모듈을 초기화 중입니다. 뇌파 패턴 스캔 완료. 자율신경 반응 감지 완료. 피부 전도/심박수 동기화 완료. 모든 장치가 정상적으로 작동 중입니다. 오늘의 목표 감정은 '평온 10g'입니다. 생성 시 예상 정산 금액은 1,000,000원입니다.

후두부를 감싼 센서링에서 흘러나오는 시스템 안내 음성은 언제나처럼 지나치게 쾌활했다. 그 인공적인 명랑함이 도윤의 신경을 더 날카롭게 긁었다. 도윤은 애써 침을 삼켰다. 혀는 이미 입천장에 달라붙어 있었다. 100만 원. 그는 자신이 해낼 수 있다고, 오늘만큼은 성공할 수 있다고 몇 번이고 되뇌었다. 그리고 거칠게 일어나는 마음을 가까스로 눌러앉혔다.

'화내지 말자. 긴장하지 말자. 이너피스…. 평온…. 나는 평온하다.'

감정 추출을 시작합니다.
편안한 호흡을 유지해주세요.

도윤은 애써 눈을 감고 어젯밤 유튜브에서 수십 번 돌려본 튜토리얼을 머릿속으로 되짚었다.

감정거래소

끌어당김의 법칙

도윤이 붙잡고 있던 것은 감정 코치 일타강사 한이수의 유튜브였다. 감정거래소 출신이라는 경력을 내세운 그녀는 이미 구독자 500만 명을 거느리고 있었다. 도윤은 유튜브 유료 멤버십까지 가입해 〈감정 추출 센터 가기 전날 꼭 알고 가야 할 꿀팁〉 영상을 보고 왔다. 지푸라기라도 붙잡는 심정으로 결제한 돈은 50만 원이었다.

'나는 평온하다⋯. 나는 평온을 생성하고 있다. 평온은 나에게로 온다.'

도윤은 필사적으로 강사의 미소 띤 목소리를 억지로 떠올렸다. 하지만 입술은 자신도 모르게 잘게 떨렸고, 턱에는 힘이 잔뜩 들어가 있었다. 미간은 이미 단단하게 굳어 있었다. 평온을 붙잡으려 할수록 그것은 한 발짝씩 더 멀어지는 것만 같았.

도윤의 머릿속에 유료 멤버십에 써버린 50만 원이 떠올랐다. 통장에 남은 돈의 절반이었다.

'한이수가 사기꾼일지도 몰라.'

그 생각은 한 번 떠오른 뒤 좀처럼 지워지지 않았다.

'만약 또 속은 거라면 어쩌지. 도대체 나는 왜 이 모양이지. 나는 왜 이렇게 태어난 거야. 난 어째서 분노 생성자인 거야.'

어느새 주먹이 꽉 쥐어져 있었다. 가슴 아래쪽에서 뜨거운 압력이 서서히 치밀어 올랐다. 심박수는 빨라졌고, 목뒤는 뻣뻣하게 굳어가기 시작했다. 근육은 돌덩이처럼 단단해졌고, 혈압이 오르면서 미세한 열 변화가 일어났다. 귓가가 화끈거렸다. 꽉 쥔 주먹 안에서는 땀이 배어나왔다. 모든 수치는 평온과는 정반대 방향으로 치닫고 있었다. 결국 몸은 끝내 도윤의 편이 되어주지 않았다.

'제발…. 아니야. 이러지 마.'

도윤은 이를 악물었다. 그리고 눈을 더 세게 감았다. 어둠 속에서는 알 수 없는 붉은 점들이 마치 그를 비웃듯 떠다니고 있었다.

'이너피스. 이너피스. 평온. 평온. 평온.'

주문처럼 되뇌어보아도 그 단어들은 입안에서만 맴돌

뿐이었다. 그것은 자기 것이 아니라 남에게서 잠시 빌려온 언어처럼 느껴졌다.

바로 그때였다. 옆자리 8번 추출기에서 맑고 경쾌한 알림음이 울렸다. 도윤이 힐끗 고개를 돌려보니, 훤칠한 키에 깔끔하게 정돈된 남자가 앉아 있었다. 얼굴과 머리카락에는 윤기가 흘렀고, 맞춤 제작한 듯 몸에 꼭 맞는 네이비 정장과 잘 닦인 반짝이는 구두가 눈에 들어왔다. 손목시계는 도윤의 열 달 치 월급쯤 되어 보였다. 그 남자는 추출기 게이지를 확인하며 하품을 했다. 마치 이 모든 일이 너무 쉬워서 지루하기까지 하다는 듯이.

축하합니다!
8번 추출기. '평온 50g' 생성
5,000,000원 정산 완료

추출기 앞 대형 전광판에 생성 내역이 떠올랐다. 환한 초록색 글자들은 마치 축제의 한 장면처럼 반짝였다. 남자는 도윤을 보고 씩 웃었다. 입꼬리가 부드러운 호선을 그렸다. 남들이 보기에는 흠잡을 데 없는 얼굴이었다. 단정한 미소까지 걸려 있었다. 그러나 도윤의 속은 순식간에 뒤집혔다. 하마터면 추출기에서 벌떡 일어나 멱살을 잡을 뻔했다.

'웃어?'

저 웃음. 저 여유로운 입꼬리. 고생이라고는 눈으로 구경조차 해본 적 없을 것 같은 하얗고 말끔한 얼굴이 눈에 들어왔다. 도윤은 순간 자신의 모습을 떠올렸다. 알 수 없는 그림이 그려진 싸구려 티셔츠, 뒤엉킨 머리카락, 그리고 여유라고는 한 조각도 찾아볼 수 없는 얼굴이었다. 무엇보다 10분 동안 1g도 만들어내지 못한 자신과, 너무도 쉽게 평온을 뽑아내는 저 남자 사이의 차이가 가슴 깊숙이 박혀들었다.

평온 50g. 10분에 500만 원. 도윤의 안쪽 어딘가에서 오래 버티고 있던 무언가가 탁 하고 끊어졌다. 실제로 소리가 들린 것은 아니었다. 하지만 그는 분명히 느꼈다. 내장 어딘가가 터지는 것 같은 격렬한 통증이 밀려왔다.

'저 자식은 숨만 쉬어도 평온이 쏟아지는데, 나는…!'

손톱이 팔걸이의 금속 패드를 거칠게 긁었다.

'끼기긱-.'

금속을 할퀴는 듯한 날카로운 소리가 짧게 울렸다. 온몸의 근육은 경련하듯이 떨렸고, 두 눈은 뜨겁게 달아올랐다. 입안에는 금세 피 맛이 번졌다. 입술을 너무 세게 깨문 탓이었다. 그 순간, 이도윤의 7번 추출기가 경고음을 토해 냈다.

경고! 경고! 감정 폭주!

붉은 램프가 격렬하게 점멸했다. 도윤의 얼굴은 램프의 불빛을 받아 붉게 물들었다. 그 모습은 지옥의 불빛 속에 선 사람 같았다.

게이지 폭발: '분노 200g' 생성

"아, 젠장! 또 분노야! 아아아악!"

도윤은 헤드셋을 집어던졌다. 플라스틱이 바닥에 부딪히며 둔탁한 소리를 냈다. 대기실에 있던 모든 시선이 순식간에 그에게로 쏠렸다. 사람들의 눈빛에는 경멸과 조롱, 그리고 아주 얄팍한 안도감이 뒤섞여 있었다. 적어도 자신들은 '감정 흙수저'는 아니라는 표정이었다. 그 시선들은 피부 위에 바늘처럼 박혀들었다. 그때 시스템의 쾌활한 목소리가 다시 울렸다. 도윤의 수치심 같은 것은 조금도 개

의치 않는 듯, 그 목소리는 여전히 밝고 명랑했고 또 무정
했다.

고맙습니다.
7번 추출기. '분노 200g' 생성
2,000원 정산 완료

쾌활한 음성이 덧붙었다.

이도윤 님,
오늘의 미션은 실패하셨습니다.
내일은 꼭 '평온' 생성에 성공하세요!

도윤은 감정 거래 영수증을 받아들었다. 종이가 손안에
서 바스락거렸다. 그는 비틀거리듯 감정 추출 센터를 빠져
나왔다. 이미 다리에는 힘이 풀려 있었다. 2,000원. 컵라
면 하나 값이었다. 50만 원짜리 평온 생성 강의에 쏟아부
은 대가로 그가 손에 쥔 것은, 결국 또다시 분노를 팔아 얻
은 2,000원뿐이었다. 밖으로 나오자 햇살이 따갑게 쏟아
져 내렸다. 도윤은 영수증을 한 번 접고, 또 한 번 접었다.
손바닥 안에서 접힌 종이는 점점 더 단단하고 작아졌다.

'분노밖에 못 만드는 인생이라니.'

분노는 도윤의 삶 전부이면서도, 동시에 그를 영원히 붙잡아두는 족쇄였다. 끓어오르는 분노를 팔아 겨우 컵라면 하나 값을 벌고, 그렇게 오늘을 간신히 버텨내지만, 정작 그 분노가 그를 끝내 저등급 생성자의 자리에 묶어두고 있었다. 1g에 10원. 그 돈은 분노가 품고 있는 폭발력에 비하면 너무도 가벼웠다. 눈앞에서 터져야 할 에너지를 싸구려 동전 몇 닢으로 희석해버리는 냉혹한 시스템이었다.

이 도시에서 감정은 곧 계급이었다. 타고난 감정의 등급과, 그 감정을 보존하거나 소비할 수 있는 경제력이 사실상 신분증과 다르지 않았다. 도윤 같은 일반 생성자들에게 허락된 감정은 언제나 계급의 사다리 아래쪽에 걸쳐 있었다. 그들의 감정 포트폴리오는 늘 초라했다. 어쩌다 찾아오는 소소한 기쁨이나 작은 즐거움조차 사치에 가까웠다. 그런 감정들은 생겨나는 즉시 감정 추출 센터에 내다 팔아야 하는 뜻밖의 횡재였다.

기쁨과 즐거움을 팔아버린 자리에는 언제나 메마른 공허만이 남았다. A등급 감정은 상상조차 할 수 없는 꿈에 가까웠고, 그들의 영혼에는 불안과 분노, 체념 같은 C등급 감정만이 끈질기게 들러붙어 있었다. 그런 초라함은 다음

세대에도 고스란히 대물림되었다. 감정의 등급이 신분처
럼 굳어버린 도시에서, 아이들의 운명 역시 예외일 수 없
었다.

감정 파형 분석실기

열네 살 민석은 학교 상담실 의자에 앉아 있었다. 책상 위에는 감정 측정 결과지가 한 장 놓여 있었다.

이름: 김민석(만 14세)
생성 감정: 불안 C등급, 체념 C등급, 분노 C등급
권장사항: 특성화고 전학(C등급 생성자 전문과정)
특이사항: 지난 6개월간 C등급 감정만 지속 생성, B등급 이상 감정 생성 기록 없음

상담교사는 난처한 얼굴로 민석의 부모를 번갈아 바라보았다.

"민석이가 계속 이런 상태라면 학업을 이어가기 어려울 것 같습니다."

민석의 어머니는 떨리는 손으로 결과지를 내려다보았

다. 혹시 다른 방법은 없느냐고 묻는 어머니에게 상담교사는 집중 감정 순화 프로그램을 권했다. 한 달에 300만 원짜리였다. 그 돈은 민석 가족의 한 달 생활비와 맞먹는 액수였다. 민석의 아버지는 공사장에서 일하며 월급 250만 원을 벌었고, 어머니는 편의점 야간 아르바이트로 150만 원을 보탰다. 난처해하는 부모를 보며 상담교사는 조심스럽게 다른 선택지를 내놓았다. 그가 권한 곳은 C등급 생성자 전문 특성화고등학교였다. 졸업 후 대부분 감정 폐기장이나 감정 물류 센터로 향하는 과정이었다. 설명을 듣고 있던 민석은 울음을 참아보려 했지만, 끝내 눈물이 먼저 차올랐다.

“저는 대학에 가고 싶어요. 제 꿈이 있다고요.”

민석의 아버지는 길게 한숨을 내쉬었다.

“민석아, 아무래도 특성화고등학교를 가야겠다. 현실을 봐야지. 우리 형편에….”

“싫어요! 전 저렇게 살고 싶지 않아요!”

민석은 책상을 치며 소리쳤다. 손목에 찬 간이 감정 모니터링 밴드가 가늘게 진동했다. 측정기의 빨간 불이 깜빡였다. C등급, 분노였다. 민석은 자리에서 벌떡 일어나 상담실을 뛰쳐나갔다. 복도를 달렸다. 눈물이 흘렀다. 하지만 그 눈물조차 감정 추출 센터에서는 그저 '슬픔 5g'으로 측정될 뿐이었다. 1g당 1,000원, 총 5,000원.

민석은 교실로 돌아와 가방을 챙겼다. 같은 반 아이들이 그를 바라보고 있었다. 동정과 안도, 그리고 우월감이 뒤섞인 시선들이 민석에게 꽂혔다. 평소 민석과 친했던 준혁이 조심스럽게 다가와 물었다.

"민석아, 괜찮아?"

민석은 준혁을 바라보았다. 그의 손목에 찬 최신형 감정 모니터링 밴드가 눈에 들어왔다.

"넌 몰라. 넌… 절대 몰라."

민석은 입술을 깨물며 소리쳤다. 그러고는 가방을 메고 교실을 나갔다. 결국 그날, 민석은 자퇴서를 제출했다.

열네 살, 중학교 2학년. 그의 인생은 이미 C등급이라는 이름 아래 결정되어 있었다.

민석이 생의 첫 좌절을 겪고 교문을 나서던 바로 그 시각, 도시의 반대편에서는 감정 귀족들이 저녁 식사를 하고 있었다. 감정 귀족들의 식탁에서는 그날 추출한 감정의 등급과 시세가 자연스러운 화제가 되곤 했다. 감정 귀족이란 태어날 때부터 상위 등급의 감정을 안정적으로 생성하는 사람들을 뜻했다. 감정거래소가 생겨난 뒤로는 상위 등급 감정의 지속성이 곧 인간의 사회적 지위를 결정했다. 감정 귀족들은 자신이 생성한 상위 등급 감정을 판매해 막대한 부를 축적했고, 그렇게 쌓은 부로 다시 최고의 환경과 교육, 상위 등급 감정의 구매와 주입, 감정 순화 기술 같은 고가의 심리치료에 투자하며 감정 생산력을 대물림해왔다. 감정은 그들에게 계절마다 익어가는 과수원의 열매처럼 자연스러운 것이었다. 손만 뻗으면 닿을 수 있었다.

감정을 관리하고, 투자하고, 다각화하는 법. 다시 말해 감정 포트폴리오를 재조정하기 위한 대화는 그들 사이에서 가장 중요한 주제였다. 그들은 명랑한 목소리로 자녀들에게 '감정의 소중함'을 가르치곤 했다. 희망을 적금처럼 쌓고, 기쁨을 예금처럼 보관하고, 열정을 주식처럼 시세를 보며 매도하는 법을 알려주었다.

"오늘 희망이 또 5퍼센트 올랐던데."

"그럼 지금 좀 내놓자. 희망은 봄에 쌀 때 다시 사면 돼."

"아니, 다음 주까지 기다려봐. 더 오를 거야."

감정 파형 그래프의 진폭이 일정하지 않거나 A등급 감정의 생성률이 떨어지면, 곧바로 전문가 상담이 뒤따랐다.

"여보, 준혁이 오늘 '자신감' 파형 측정 결과 나왔는데 상위권이래요. 담임 선생님한테 연락 왔어요. 제가 지난달부터 감정 순화 과외를 붙여줬거든요. 주 3회. 한 달에 500만 원이지만 효과는 확실해요. 감정거래소에서 사들인 고순도 자신감 주입도 계속 하고 있고요."

"좋아. 계속 투자해. 자신감이 2등급까지 올라가면 명문대 추천 전형에 유리해."

그때 준혁이 포크를 내려놓으며 말했다.

"아빠, 제 자신감 생성량이 더 올라갈 수 있어요?"

"당연하지. 네가 노력하면. 감정 순화 과외 열심히 받고, 명상도 꾸준히 하고."

"그런데 전 자신감이 진짜 제 것인지 모르겠어요. 헤드셋으로 주입받는 것도 많고…. 좀 불안해요."

그 말이 끝나자 식탁은 순간 조용해졌다. 부모는 동시에 아들을 바라보았다. 잠시 뒤 아버지가 입을 열었다.

"준혁아, 그런 생각하지 마. 네가 생성하는 자신감도 네 것이고, 주입받는 것도 네 것이야. 다 너를 위한 투자야."

"맞아. 명문대 가려면 자신감 생성량이 상위 5퍼센트는 되어야 해. 지금부터 관리하지 않으면 나중에 후회해."

어머니도 부드럽게 덧붙였다.

“엄마가 너를 가졌을 때부터 태교로 감정 순화 프로그램 다 받았어. 너는 태어날 때부터 감정 관리가 잘되는 아이야.”

준혁은 고개를 끄덕였지만, 표정은 어딘가 석연치 않아 보였다.

“오늘 학교에서 친구 하나가 자퇴했어요. 감정 추출 센터에서 계속 C등급만 나온대요. 불안이랑 체념만….”

아버지가 무심하게 말했다.

“그런 애들은 어쩔 수 없지. 타고난 거야. 노력이 부족하거나.”

“근데 걔가 울면서 나갔어요. 진짜 슬퍼 보였어요.”

어머니는 준혁의 머리를 쓰다듬으며 말했다.

“준혁아, 세상은 원래 불공평해. 하지만 우리가 어떻게 해줄 수 있는 게 아니잖아. 우린 우리끼리 잘살아야지.”

“네….”

준혁이 식사를 마치고 방으로 들어가자, 아버지는 맞은편에 앉은 어머니를 향해 낮게 말했다.

“쟤가 왜 저러지? 쓸데없는 감정을 품기 시작했군. 당장 평온을 주입해줘. 불안은 생산성을 저해하는 적이야.”

그는 단호하게 말을 맺었다.

　　　　　　　　　　　　　　　　　　　

"감정 관리에 돈을 아끼는 건, 계급을 포기하는 것과 같아."

감정을 풍요로운 열매처럼 가꾸는 감정 귀족들 위에는, 그 열매를 수확해 도시 전체를 움직이는 진짜 권력층이 따로 존재했다. 그들은 감정을 생성하는 자들이 아니라 소비하는 자들이었다. 회사의 경영진과 정책 결정권자, 고위 관료들이 바로 그런 사람들이었다. 그들에게 고가의 감정은 사치품이 아니라 기능을 유지하기 위한 필수재에 가까웠다.

그들 가운데 한 명인 강 이사의 하루는 매일 아침, 완벽하게 통제된 감정의 주입으로 시작되었다. 그는 늘 아침 7시에 일어났다. 침대 옆 테이블 위에는 감정을 전송받는 은빛 금속 재질의 헤드셋이 가지런히 놓여 있었다.

평온 파동 수신 중

강 이사가 헤드셋을 착용하자 투명한 파동이 관자놀이를 타고 조용히 스며들었다. A등급의 순수한 평온이었다. 그 파동이 신경계를 부드럽게 감싸자, 어젯밤 악몽의 잔상은 서서히 지워졌다. 아내와 나눈 냉랭한 아침 인사에서 비롯된 불편함도 사라졌고, 출근길 교통 체증에서 느낄 짜증 역시 미리 차단되었다.

헤드셋을 벗은 그는 천천히 옷을 입었다. 거울 속 자신의 얼굴은 완벽하리만큼 평온해 보였다.

오전 10시, 그는 회의실로 들어갔다. 오늘은 500명의 해고를 결정해야 하는 회의가 예정되어 있었다. 회의가 시작되기 전, 그는 다시 헤드셋을 착용했다.

평온 파동 추가 수신

더 강한 파동이 필요했다. 더 깊은 평온이 필요했다. 평온은 그의 판단을 맑게 만들었다. 감정이라는 잡음 없이, 오직 숫자만으로 결정을 내릴 수 있게 했다. 그의 눈에 500이라는 숫자는 그저 최적화해야 할 변수일 뿐이었다. 더 이상 사람으로 보이지 않았다.

"500명 감축안, 승인합니다."

그의 목소리에는 조금의 떨림도 없었다. 이것이 감정 소비 계급의 삶이었다. 풍요롭고 편리했다. 불편한 감정은 애초에 느끼지 않아도 되었다. 그들은 끝내 알려 하지 않았다. 자신들이 느끼는 기쁨이 누구의 것인지, 자신들이 주입받는 평온이 어디에서 오는지, 자신들의 열정이 누구의 희생 위에서 만들어지는지 같은 것은 중요하지 않았다. 그들에게 중요한 것은 오직 자신의 감정 포트폴리오가 얼마나 안정적이고 효율적인가 하는 것뿐이었다.

감정거래소

감정거래소는 전국에서 단 하나뿐인, 모든 감정이 모여 거래되는 곳이었다.

전국 곳곳의 감정 추출 센터에서 뽑혀 나온 감정들은 실시간으로 이곳으로 이송되어 거래되었다. 서울 강남의 한 추출 센터에서 20대 직장인이 생성한 희망 50g, 부산 해운대의 추출 센터에서 30대 가장이 추출한 사랑 80g, 대구 중구의 한 추출 센터에서 고등학생이 만들어낸 열정 30g. 모든 감정은 혈관을 타고 심장으로 모여드는 피처럼 광케이블을 따라 여의도로 흘러들었다.

전국에서 쏟아지는 초당 수천 건, 하루 수백만 건의 감정은 이곳에서 분류되고 등급이 매겨진 뒤 가격이 책정되어 거래되었다. 감정의 중추신경이자 심장 같은 이 시스템은 단 한순간도 멈춘 적이 없었다.

도윤 같은 일반 생성자들은 동네 감정 추출 센터를 이용했다. 그러나 일부 A등급 생성자들은 감정거래소에 직접 소속되어 전용 추출실에서 감정을 생성했다.

감정거래소 50층에는 A등급 감정 전용 추출실이 자리하고 있었다. 그곳은 우아한 민트색으로 꾸며져 있었다. 잔잔한 명상 음악이 흐르고, 공조 시스템은 일정한 간격으로 최고급 베르가못 향을 은은하게 퍼뜨리며 실내 습도를 정교하게 조절했다. 벽과 바닥, 심지어 공기까지도 치밀하게 설계된 풍경처럼 느껴졌다.

평온 생성자이자 감정 코치 일타강사 유튜버인 한이수는 오늘도 그 복도를 천천히 걷고 있었다. 그녀의 발소리는 푹신한 카펫에 곧바로 흡수되어 거의 들리지 않았다. 복도 양쪽으로 늘어선 문에는 각각 번호가 새겨져 있었다. 5001호, 5002호, 5003호, 5004호. 추출실마다 작은 LED 표시등이 깜빡였다. 녹색은 대기 중, 빨간색은 사용 중임을 뜻했다. 천장의 간접조명은 벽면을 따라 부드럽게 흘러내리고 있었다.

이수는 복도 끝에 있는 5004호 앞에서 걸음을 멈췄다. 문고리를 잡는 순간 지문을 감지한 문이 자동으로 열렸고, 젖병을 닮은 미색의 거대한 캡슐이 모습을 드러냈다.

그 안에는 냄새도, 소리도 없었다. 그곳은 말 그대로 텅 빈 '평온'의 공간이었다. 매끈한 표면이 조명을 받아 은은하게 빛났고, 캡슐 옆에는 생체 정보를 측정하는 모니터들이 대기하고 있었다. 투명한 튜브들은 캡슐과 벽면 시스템을 서로 연결하고 있었다.

한이수는 매일 아침 10시, 그리고 저녁 10시, 하루 두 번 감정 생성 캡슐 안으로 들어갔다. 마치 자궁 속으로 되돌아가듯 수직의 관 안으로 천천히 미끄러져 들어갔다. 캡슐 안으로 들어가면 수십 개의 센서가 그녀의 피부에 촉수처럼 달라붙었다. 심장박동과 체온, 신경전달물질의 흐름까지, 그녀의 모든 신체 활동은 인식되고 추적되어 수치로 모니터 위에 떠올랐다. 그녀에게 주어진 임무는 단 하나였다. 하루 할당량은 평온 1,000g. 그것은 시스템과 노바, 그리고 감정 귀족들에게 헌납해야 할 감정의 무게였다.

캡슐 속에서 눈을 감은 그녀는 자신이 기억하는 가장 오래된 장면을 떠올렸다.

2046년 겨울, 서늘한 금속 냄새가 밴 연구동 A-03. 방 한가운데에는 작은 침대가 놓여 있었다. 네 살의 한이수는 그 위에 조용히 누워 있었다. 물속에 가라앉은 돌처럼 숨을 쉬는지조차 확인해야 할 만큼 고요한 아이였다.

"심박수가 다시 안정 구간입니다."

하얀 가운을 입은 연구원이 말했다. 옆에서 모니터를 들여다보던 다른 연구원이 눈을 크게 떴다.

"이 아이, 정말 이상할 만큼 신기하네요. 자극을 줘도 파형 변화가 거의 없어요. 이건 평온이라기보다 감정의 진폭 자체가 거의 없는 상태 아닌가요?"

그때 누군가 대답했다. 초기형 'E-익스트랙션 프로토콜'을 개발하던 프로젝트 총괄, 노바였다.

"그래서 그 아이가 소중하지요."

그는 이수의 새하얀 얼굴을 내려다보며 말했다. 마치 완벽한 도자기를 감정하듯 바라보는 눈빛이었다.

"그 아이는 감정의 잡음이 극도로 적은 아이예요. 외부 자극이 들어와도 자신의 파형을 유지하지요. 체념 생성자들과는 다릅니다. 이 아이는… 완벽한 평온의 원천이 될 겁니다."

연구원 중 한 명이 조심스럽게 물었다.

"부모 동의는요?"

노바는 종이처럼 얇은 미소를 지었다.

"부모 쪽에서 먼저 제안했어요. '우리 아이가 평온한 세

　　　　　　　　　　　　　　　　　감정거래소

상에 기여할 수 있다면 뭐든지 하겠다'고."

노바의 시선은 유리창 너머로 향했다. 그곳에는 한 여성이 서서 아이를 지켜보고 있었다. 겉으로 보기에는 사랑이 어린 시선 같았지만, 그 눈은 지나치게 피곤하고 흐릿했다. 이수의 엄마는 감정거래소 초기 실험의 참여자였다. 신경계에 인위적인 자극을 주는 프로그램을 반복적으로 받으면서 감정의 진폭이 거의 사라진 상태였고, 그 후유증이 아이에게까지 전해진 것이었다. 마치 허공이 또 다른 허공을 낳은 듯한 일이었다.

"감정 안정화 프로토콜 준비 완료입니다."

연구원이 이수의 머리 양옆에 둥근 패드를 부착했다. 이수의 두 눈이 천천히 떠졌다. 작은 아이의 눈은 놀라울 만큼 고요했다. 두려움도, 호기심도, 기쁨도 없었다. 아무 빛도 담기지 않은 회색 종이 같은 눈동자가 허공만을 바라보고 있었다. 연구원이 단말기를 눌렀다.

감정 안정화 프로토콜, 테스트 1차 시행합니다.

패드 끝에서 작은 전류가 아이의 신경을 타고 흘렀다. 이수의 눈동자가 아주 미세하게 흔들렸다. 그것은 눈물일 수도 있었고, 비명일 수도 있었으며, 어쩌면 아무것도 아닐 수도 있었다. 그러나 세상이 그 떨림의 의미를 알아차리기도 전에, 그녀의 눈동자는 다시 멈추었다. 곧 모니터가 울렸다.

"평온 파형 발생! 이 진폭은… 세상에, 성인 급인데요? 어린아이가 이런 평온을 생성할 수 있다니?"

연구원들이 술렁였다. 흥분과 놀라움이 공기 속으로 빠르게 번졌다. 노바는 미소를 감추지 않았다. 누가 봐도 승리자의 미소였다.

"역시. 이 아이는 우리가 만들어낸 최초의 '평온 생성자'가 될 겁니다."

노바는 다시 유리창 밖의 엄마를 바라보며 말했다.

"마침내 당신이 이루지 못한 것을, 당신의 딸이 해낼 수 있게 되었습니다. 정말 기쁘시죠?"

유리창 밖의 엄마는 여전히 아이를 바라보고 있었다. 무언가 말하려는 듯 잠시 입술이 떨어졌지만, 감정억제제 때문인지 끝내 목구멍 어딘가에 돌처럼 가라앉고 말았다. 노바는 다시 입꼬리에 미소를 얹은 채 말을 이었다.

"아무것도 염려하실 필요 없습니다. 이 아이는 평온으로 충만해질 테니까요."

그 말을 듣고도 그녀는 허공을 바라보듯 아이를 응시할 뿐이었다. 그때 엄마가 아이를 향해 보냈던 시선은 무엇이었을까. 사랑이었을까. 안타까움이었을까. 절망, 공포, 체념, 아니면 후회였을까. 그 답을 아는 사람은 이 세계에 단 한 명도 없었다. 이수는 물속으로 가라앉듯 조용히 눈을 감았다.

그날 이후 그녀는 매일 훈련실로 들어갔다. 그녀의 감정은 분명 생성되었지만, 그 감정은 단 한 번도 그녀의 것이 된 적이 없었다. 샘에서 솟는 물을 누군가가 길어가듯, 그녀를 통과해 흘러나오는 평온 역시 언제나 다른 누군가의 것이었다. 그렇게 16년이 흘렀다. 스무 살이 된 이수는 여전히 그 캡슐 안에 서 있었다. 네 살 때와 다르지 않은 고요를 몸에 두른 채였다.

캡슐의 문이 열렸다. 이수는 그대로 스튜디오로 이동했다. 유튜브 방송을 해야 했다. 그녀의 하루는 몹시 단조로웠다. 평온 추출, 방송, 다시 평온 추출. 오늘도 수십만 명의 구독자가 그녀를 바라볼 것이다. 그녀의 평온과 능력, 그리고 존재 자체를 부러워하면서.

카메라에 빨간 불이 들어왔다.

"안녕하세요. 여러분. 오늘도 한이수와 함께 여러분의 하루에 평온 1g 더하기, 시작해보아요."

이수의 청명한 목소리가 마이크를 타고 흘러나왔다. 동시 접속자 수는 52만 명에 달했다.

"눈을 감고 깊게 숨을 들이마셔보세요."

부드럽고, 따뜻하고, 위로가 되도록 완벽하게 조율된 목소리가 이수의 입에서 흘러나왔다. 하지만 샘물이 스스로의 시원함을 모르듯, 그 목소리의 주인은 자신이 건네는 위로를 조금도 느끼지 못했다. 실시간 댓글창은 폭포처럼 쏟아졌다.

"이수 님, 목소리 오늘도 힐링이에요."
"오늘도 이수 님 덕분에 평온해졌어요."
"오늘 중요한 프레젠테이션 있어서 평온 50g 주입했어요. 떨림 하나 없이 완벽했습니다."
"이수 님처럼 사는 삶은 어떤 걸까요. 너무 부러워요."
"저도 감정 귀족 되고 싶어요."

이수는 자신이 감정 귀족이 아니라는 것을 누구보다 잘 알고 있었다. 감정거래소 50층의 통제된 복도는 수많은 찬양과 오해를 차곡차곡 쌓아 올린 가짜 성벽에 불과했다.

그곳에는 한이수만 있는 것이 아니었다. 5001호부터 5020호까지, 스무 개의 추출실이 있었고, 그 안에는 스무 명의 A등급 생성자가 존재했다. 사람들은 그들을 감정 귀족이라 불렀지만, 실상은 전혀 달랐다.

한이수가 16년 전 평온을 무한히 생성하는 데 성공하자, 노바는 감정 안정화 프로그램을 본격적으로 가동하기 시작했다. 열정과 기쁨, 즐거움과 희망을 만들어내던 사람들에게 노바는 조용히 다가갔다. 더 효율적으로, 더 순수하게, 더 많이 생성할 수 있게 해주겠다고 말했다. 당신의 '재능'을 끝까지 꽃피워주겠다고도 했다. 더 많은 부와 더 많은 사람들의 찬양까지 안겨주겠다는 달콤한 말로 그들을 흔들었다.

"당신의 재능은 특별합니다."

"당신만이 할 수 있는 일입니다."

"당신은 선택받았습니다."

그들은 그 말을 믿었다. 자신이 특별한 존재라고 믿었다. 그러나 그들은 특별한 존재라기보다 유용한 자원에 더 가까웠다. 모두 스스로 이곳으로 왔고, 자발적으로 캡슐 안으로 걸어 들어갔다. 그리고 그들의 영혼은 그 안에 영원히 남겨졌다. 남은 것은 껍데기 같은 육체뿐이었다. 마치 악기가 연주자를 잃고도 홀로 소리를 내듯, 그들은 감정을 무한히 생성하면서도 정작 감정을 잃어버린 자들이 되었다. 각자의 캡슐 안에서 각자의 할당량을 채우며 살았다. 그들은 감정을 만들어내지만 결코 소유하지 못했다. 감정은 다만 그들을 통과해 흘러갈 뿐이었다. 물이 지나가는 수로처럼, 감정을 흘려보내는 존재가 되어 있었다. 시스템의 정점에 서 있으면서도 동시에 시스템의 가장 깊은 곳에 갇혀 있는 자들. 찬양받으면서도 착취당하는, 쇠로 된 왕관을 쓴 노예들. 그들은 감정 경제 안에서도 가장 기묘한 자리에 놓여 있었다.

그들은 모두 감정거래소 소속이 되었다. 임무는 감정을 생성하는 일만이 아니었다. 감정 생성을 찬양하는 역할까지 맡아야 했다. 거대한 컨퍼런스 홀과 홀로그램 광고판, 유튜브 라이브 방송에서 그들은 같은 말을 되풀이했다.

"이것이야말로 인류의 진화입니다."

"우리는 감정의 노예가 아닌, 감정의 주인이 되었습니다."

"더 이상 원치 않는 감정으로 고통받지 마세요."

그들은 감정 안정화 프로그램의 홍보대사였고, 새로운 세계의 전도사이기도 했다.

“여러분도 우리처럼 될 수 있습니다.”

사람들은 그들을 바라보며 부러워했다. 저들처럼 효율적이고 아름답게, 불필요한 감정 없이 쓸모 있게 살아가기를 바랐다. 마치 세상의 모든 부귀와 영화가 그들에게만 쏠려 있는 것처럼 보였다.

감정 폐기물 처리장

도윤은 영수증에 적힌 숫자를 내려다보았다. 2,000원. 세상이 그에게 매긴 하루의 가치였다. 그 돈으로는 편의점 삼각김밥 하나를 살 수 있을 뿐이었다. 무엇보다 지금의 도윤에게는 돈이 절실했다. 그는 휴대폰을 꺼내 인터넷 채용 공고를 뒤지기 시작했다. 손가락이 화면을 빠르게 쓸어내릴 때마다 수많은 공고가 눈앞을 스쳐 지나갔다. '경력 5년 이상' '대졸 이상' 'A등급 감정 생성자 우대'…. 그런 조건은 애초에 바라지도 않았다.

'콜센터 상담원 – 일당 12만 원(감정 안정성 검사 통과 필수)' '경비원 – 월 220만 원(침착 수치 50 이상, 분노 수치 20 이하)'. 모든 공고에는 빠짐없이 감정 조건이 붙어 있었다. 도윤은 입가에 쓴웃음을 걸쳤다. 분노만 생성하는 자신이 지원할 수 있는 일은 애초에 많지 않았다.

그는 화면을 계속 넘기다가, 마침내 자신이 지원할 수 있는 공고 하나를 발견했다.

감정거래소 데이터 정제 업무 구인
상시모집
즉시 출근 가능
감정 등급 무관
월 300만 원

도윤은 순간 흥분했다. 감정거래소 소속이라는 점도, '데이터 정제'라는 업무명도 얼핏 보면 제법 그럴싸해 보였다. 하지만 구직 사이트의 평점은 처참했다. 1.0. 별 하나조차 아까워 보이는 점수였다. 한 줄로 요약하면 단순했다. '가지 마라'였다.

감정 폐기물 처리장은 이름만 데이터 정제일 뿐, 실제로는 폐기 업무를 맡는 자리였다. 도윤이 후기 창을 아래로 내릴수록 경고에 가까운 문장들이 쏟아졌다.

'패배자들의 종착역'
'영혼의 하수구'
'3개월 버티면 인간 승리'

'분노, 불안은 애교. 그보다 더한 감정에 오염됨'

도윤은 그중 후기 하나를 눌렀다.

[익명] 감정 폐기물 처리장 근무 후기(트라우마 주의)
감정거래소 폐기장에서 3개월 근무함.
3주차: 밤마다 이상한 꿈. 내 기억이 아닌 낯선 사람의
공포와 분노가 느껴짐. 매일 땀에 젖어 깸.
5주차: 공포가 피부를 찢는 느낌. 관리자에게 말하니
그제야 차폐복을 줌. 감정 파형이 몸에 흡수되고 있었
던 거다.
8주차: 나는 분노 생성자인데, 갑자기 '절망 50g'이 추
출됐다. 평생 처음임.
12주차: 같이 일하던 직원이 파형 중앙으로 뛰어듦.
그 뒤는… 말 안 하겠다.
다음 날 사표. 번 돈 다 정신과 치료비로 나감.
가지 마라 제발.

도윤은 화면에서 좀처럼 눈을 떼지 못했다. 손끝은 점
점 차갑게 식어갔다.
'이거 갔다가 진짜 완전히 망하는 거 아니야? 인생 폐급
직행 같은데.'

댓글은 끝도 없이 이어졌다.

'파형 교란 진짜임. 아무도 모르게 몸속에 스며듦. 설
명 못함.'
'정상 감정자들도 거기 가면 3개월 안에 무너짐.'
'분노만 만들던 새끼가 어느 날 공허 토해내다가 옥상
에서 뛰어내림.'

도윤은 미친 사람처럼 고개를 세차게 저었다.
'어쩌라는 거야. 그냥 굶어죽으라는 거야?'
그에게는 다른 선택지가 없었다. 어렵게 들어간 전 직
장에서도 그는 끝내 분노를 참지 못하고 상사의 책상을 뒤
엎어버렸다. 경비원 둘이 달려와 모니터를 부수던 그를 끌
어냈다. 기물 파손으로 퇴직금마저 배상금으로 모두 날아
갔다. 면접장도 마찬가지였다. 감정 추출 내역서는 어느
면접에서나 필수 첨부 서류였고, 분노만 추출되는 도윤을
채용하려는 곳은 어디에도 없었다.

도윤은 후기를 계속해서 아래로 내렸다. 감정 폐기물
처리 업무에 지원했다가 떨어졌다는 후기는 단 한 줄도 보
이지 않았다. 적어도 여기라면 월급은 받을 수 있을 것 같

　　　　　　　　　　　　　　　　　　　　　　　감정거래소

았다. 그는 지원서의 '확인' 버튼 위에 손가락을 올렸다. 선명한 초록색 버튼은 마치 도윤을 향해 희미하게 웃고 있는 것처럼 보였다.

'괜찮아. 그렇게까지 나쁘진 않을 거야.'

어딘가에서 속삭이는 듯했다. 도윤은 잠시 마른침을 삼켰다.

'남들은 몰라도 나는 버틸 수 있을지도 몰라. 지금보다 더 나빠질 수 있겠어? 어차피 돈이 없으면 월세방에서도 쫓겨나야 해. 그게 진짜 절망이지, 다른 게 절망일까.'

도윤은 눈을 질끈 감았다. 그리고 끝내 '확인' 버튼을 눌렀다.

지원이 완료되었습니다.
내일 오전 9시에 출근해주세요.

바로 다음 날이 출근이었다. 면접도, 서류 검토도 없었다. 다음 날 아침 8시 50분, 도윤은 태어나 처음으로 여의도 감정거래소의 문 앞에 섰다.

매일 수백조 단위의 감정 거래를 처리하는 곳답게 건물은 웅장했다. 도윤은 로비에 들어서는 순간 자신도 모르게 숨을 들이켰다. 거대한 공간은 빛으로 가득 차 있었다. 천장과 벽면, 바닥까지 모두 스크린으로 이루어져 있었고, 발아래로는 형형색색의 감정 데이터가 끊임없이 흘러가고 있었다. 환희는 노란색이었고, 열정은 주황색이었으며, 평온은 옅은 하늘색으로 빛났다. 아름다웠다.

도윤은 잠시 멍하니 서서 바닥에 펼쳐진 스크린을 바라보았다. 그것은 그가 평생 본 것 가운데 가장 아름다운 풍경이었다. 마치 빛의 강 위를 걷는 기분이 들었다. 그러나 그 흐르는 빛들 가운데 자신의 것은 단 하나도 없었다. 그는 저 강물 위를 걷고 있는 것이 아니라, 강물 밑바닥을 기어가는 사람 같았다.

도윤은 천천히 고개를 들어 앞을 보았다. 대형 전광판에는 오늘의 감정 시세와 차트가 빼곡하게 떠 있었고, 그 옆으로는 감정 지수 그래프가 파도처럼 출렁이고 있었다. 실시간으로 변화하는 전국의 감정 총량이 표시되었고, 수백조 단위의 거래가 매 순간 이루어지고 있었다. 이내 화면은 천천히 다른 영상으로 전환되었다. 감정거래소의 새로운 공식 홍보 영상이었다. 잔잔한 피아노 음악이 공간을 채웠다. 평온이 저절로 생성될 것 같은 뉴에이지 음악이었다. 그리고 스크린 속에 한 사람이 나타났다.

감정 경제의 창시자이자 감정거래소장인 노바였다. 남자인지 여자인지 분간하기 어려웠다. 성별의 경계가 지워진 듯한, 완벽하게 중성적인 이목구비였다. 부드럽지만 날카롭고, 섬세하지만 강인한 윤곽을 지닌 얼굴은 마치 수천 개의 얼굴을 평균 내어 만든 것처럼 보였다. 누구의 얼굴도 아니면서 동시에 모두의 얼굴 같았다. 노바는 웃지도 찡그리지도 않은 채, 평온한 얼굴 그대로 스크린 너머의 사람들을 바라보고 있었다. 그 얼굴에는 물결 한 점 없는 호수처럼, 감정이 태어나기 전의 고요가 깃들어 있었다.

"다가오는 세상을 위한 새로운 감정 관리 혁신, 감정 안정화 프로그램이 곧 모두에게 공개됩니다. 이제 누구나 쉽게 평온을 얻을 수 있습니다."

부드럽고 확신에 찬 목소리가 잔잔한 호수 위로 번지는 파동처럼 감정거래소 로비에 울려 퍼졌다.

"모두가 더 평온한 내일로. Better Place. Safe Mind. NOVA."

화면이 바뀌었다. 도시의 풍경 위로 광고 영상이 겹쳐졌다. 서로를 바라보며 웃는 연인과 미소 짓는 아이의 얼굴이 지나갔고, 이어 햇살 가득한 공원과 조용한 카페가 나타났다. 모두가 잔잔하고 행복한 표정이었다. 평온이 그들의 피부 위로, 눈빛 속으로, 미소 속으로 스며든 듯했다. 로비에 있던 사람들도 회면을 바라보며 따라 미소 지었다. 마치 약속된 미래가 정말 눈앞에 펼쳐질 것처럼, 그들의 얼굴에는 기대와 희망이 번지고 있었다.

도윤은 평생 지어본 적 없는 표정을 짓고 있는 그들을 바라보았다. 기대, 희망, 평온. 그런 단어들은 여전히 도윤에게 외국어처럼 낯설었다. 배운 적이 없으니 입 밖으로 꺼낼 줄도 모르는 말들이었다. 그는 끝내 이 세계의 이방인이었다. 빛의 로비 한가운데 서 있으면서도, 이미 그림자 속에 들어와 있는 사람 같았다.

도윤은 조심스럽게 안내데스크 쪽으로 걸어갔다. 그런데도 로비를 가로지르는 자신의 발소리가 유난히 크게 들렸다. 주변 사람들의 세련된 옷차림과 가벼운 웃음소리와 우아한 걸음걸이까지, 그 모든 것이 도윤에게는 다른 세계의 풍경처럼 느껴졌다.

데스크 직원이 환한 미소를 지으며 물었다.

"어떻게 오셨나요?"

"감정 폐기물 처리팀… 출근입니다."

직원의 미소가 아주 미세하게 일그러졌다. 마치 쓰레기를 바라보는 듯한 눈빛이었다. 찰나였지만 도윤은 놓치지

                                        감정거래소

않았다. 그녀는 금세 표정을 수습하고 카드를 건넸다.

"지하 엘리베이터는 저쪽입니다."

그녀의 손가락이 가리킨 방향은 로비 구석이었다. 그곳은 빛이 잘 닿지 않았고, 다른 사람들이 좀처럼 가지 않는 방향이었다. 도윤은 감정 폐기물 처리팀 카드를 받아들고 그쪽으로 걸었다. 복도는 점점 좁아졌고, 빛은 갈수록 희미해졌다. 바닥의 화려한 스크린도 어느 순간 사라졌다. 대신 회색 콘크리트가 모습을 드러냈다.

지하로 향하는 엘리베이터 앞에 도착하자, 관리자가 무표정한 얼굴로 그 앞에 서 있었다. 그는 50대쯤 되어 보이는 남자였다. 감정거래소 로비 직원들의 화려한 미소와는 달리, 그의 얼굴에서는 감정이라는 것이 이미 모두 증발해 버린 것처럼 보였다. 지하에 오래 있으면 사람 얼굴도 저렇게 메말라가는 걸까. 도윤은 잠시 그런 생각을 했다. 관리자는 감정이라고는 조금도 담기지 않은 눈으로 도윤을 훑어보았다.

"이름?"

"이도윤입니다."

"생년월일?"

도윤이 대답하자, 관리자는 태블릿을 확인하고 짧게 고

개를 끄덕였다. 그리고 엘리베이터 버튼을 눌렀다. 지하 7층이었다. 문이 닫히고 엘리베이터가 움직이기 시작했다. 아래로, 더 아래로. 빛에서 멀어질수록 어둠 속으로 가라앉는 기분이었다. 그때 기계적인 안내 음성이 울렸다.

"탑승자 이도윤, 감정 폐기물 처리팀. 신체 스캔 중. 현재 분노 내재량 30g 확인됩니다. 지하 7층 환경 유지를 위해 해당 감정은 강제 추출됩니다. 1g당 10원. 자동 정산 완료."

순간 가슴속에서 뜨거운 것이 치밀어 올랐다. 그의 오래된 동반자, 분노였다. 그리고 그 감정은 곧장 도윤의 몸에서 빠져나갔다. 엘리베이터 벽면에서 희미한 빛이 깜빡였고, 보이지 않는 힘이 그의 몸속 감정을 순식간에 흡입해갔다.

그렇게 분노 30g이 한순간에 증발했다. 고작 300원이었다. 도윤은 허탈하게 웃었다. 일을 시작하기도 전에 이미 한 번 착취당한 셈이었다. 엘리베이터는 계속 내려갔다. 지하 3층, 4층, 5층, 6층. 숫자가 바뀔 때마다 공기는 더 무거워졌고, 빛은 더 멀어졌다. 마침내 엘리베이터는 지하 7층 감정 폐기물 처리장에 멈췄다.

'삐–' 소리와 함께 문이 열렸다. 냉동고 같은 한기와 함께 수천 개의 유리잔이 한꺼번에 깨지는 듯한 소음이 밀려왔다. 사방을 메운 거대한 서버들에서 고주파 마찰음이 끊임없이 울려 나오고 있었다. 폐기되는 감정 에너지의 파형이 갈려나가는 소리는 마치 데이터가 소멸하며 지르는 비명처럼 들렸다. 밀려오는 엄청난 소음에 도윤은 자신도 모르게 귀를 막았다. 하지만 그 소리는 단지 고막을 통해서만 들어오는 것이 아니었다. 누군가 날카로운 손톱으로 뇌의 표면을 긁는 듯한 감각이었다. 웬만한 사람이라면 10분도 버티지 못할 것 같았다.

관리자는 그런 도윤을 보더니 무심하게 헤드셋 하나를 건넸다. 헤드셋을 쓰자 소리는 조금 잦아들었지만, 뇌를 긁는 듯한 감각은 여전했다. 도윤은 눈을 가늘게 뜨고 소름 끼치는 감각에 억지로 적응하려 했다. 그러는 사이 거대한 원통형 공간이 천천히 시야에 들어왔다. 그는 난간에 다가섰다. 그리고 아래를 내려다본 순간, 숨이 턱 막혔다.

원통 중앙에는 거대한 모니터 기둥이 솟아 있었다. 그 기둥 위로는 파형들이 폭포처럼 끝없이 흘러내리고 있었다. 수천, 수만 개의 감정 파형이 화면 속에서 깜빡이며 아래로 쏟아졌다. 생성되었다가 대기하고, 결국 소멸되는 감정들이었다.

도윤이 서 있는 지하 7층 구역의 모니터에는 C등급 이하 감정들이 끊임없이 입력되고 있었다. 분노, 불안, 절망, 체념, 증오, 혐오, 공포, 열등감…. 그것들은 값싸고 쓸모없다고 분류된, 세상이 원치 않는 감정들이었다. 하루에도 수십 톤씩 쏟아져 들어오는 감정 쓰레기가 이곳 폐기 대기열에 쌓이고 있었다. 도윤은 눈을 몇 번 깜빡이며 모니터 벽면을 바라보았다. 숫자들은 끝없이 흘러갔다. 날짜와 시간, 생성자 코드, 감정 종류, 무게, 그리고 등급이 쉼 없이 이어졌다. 그때 그의 시선이 한곳에서 멈췄다.

2062.10.29. 09:47 분노 C. ID#2847-LDW. 200g. 폐기 대기

그의 심장이 거세게 뛰었다. 도윤은 화면 앞으로 바짝 다가갔다. 손을 뻗어 그 줄을 터치하자 화면이 확대되며 세부 정보가 떴다.

생성자: 이도윤(ID#2847-LDW)
생성일시: 2062년 10월 29일 09:47
추출 센터: 구로 4호점, 7번 추출기
감정종류: 분노

　　　　　　　　　　　　　　　　　　　　　　　감정거래소

무게: 200g

등급: C

거래가: 2,000원(1g당 10원)

상태: 폐기 대기열

예정 소각 시간: 2062년 11월 1일 18:00

도윤은 화면 속 자신의 이름을 멍하니 바라봤다. 바로 어제 자신이 토해낸 분노 200g이었다. 7번 추출기에서 2,000원을 받고 팔았던 그 감정. 그러나 자신의 분노는 팔린 것이 아니라 폐기해야 할 대상이었다. 헐값에도 팔리지 못한 그의 감정은 곧 소각될 운명이었다.

그는 뒤돌아 자신을 데리고 내려온 관리자를 바라보았다. 관리자는 도윤을 신경 쓰지 않은 채 태블릿을 조작하고 있었다. 그의 표정은 여전히 건조했다. 어쩐지 사막을 오래 건넌 낙타 같은 얼굴이라고 생각했다.

"하는 일은 간단합니다. 여기 있는 감정 폐기 대기열을 확인하시고, 분류하시고, 지정된 서버로 보내면 됩니다. 오후 6시까지 업무 마무리하시고, 작업복 반납하시고, 작업일지에 서명한 뒤 퇴근하시면 됩니다. 다른 질문 없으시면…."

그의 말투에서는 감정의 흔적이 느껴지지 않았다. 특유의 평탄한 목소리로 보아 그는 '차분 생성자'인 듯했다.

"잠깐만요."

도윤은 모니터 속 자신의 이름을 가리켰다.

"이거 어제 제가 생산한 건데…. 폐기처분인가요?"

그는 조금도 머뭇거리는 기색 없이 태블릿에서 눈을 떼지 않은 채 대답했다.

"예. 분노는 통상 폐기됩니다."

그의 말투는 변함없었다. 도윤의 가슴속에는 순간 뜨거운 것이 치솟았다. 하지만 엘리베이터에서 이미 남은 분노를 빼앗겼기 때문에, 그 분노는 잔불처럼 미약했다.

"그래도 저 2,000원을 받았는데…. 그럼 폐기할 감정을 거래소에서는 뭐하러 돈 주고 사는 거죠?"

"사회 안전 비용이라고 보시면 됩니다."

"이해가 잘 안 되는데요?"

도윤이 거듭 질문하자 그는 미간을 살짝 찌푸렸다. 평평한 얼굴 표면 아래에서 무언가 움직이는 듯 미세한 경련이 그의 얼굴을 스쳐 지나갔다. 짜증이 막 피어오르려는 듯했다. 하지만 곧 그의 얼굴은 다시 평탄해졌다. 차분 생성자들에게서 흔히 보이는 반응 같았다. 미세한 짜증은 거대한 무게추에 눌리듯 곧바로 가라앉았다. 그는 곧 차분한 말투로 답했다.

"거래소 시스템이 분노를 0원으로 설정하면, 추출 센터에서 분노가 회수되지 않습니다. 그러면 회수되지 않고 통제되지 않은 분노는 사회에 축적됩니다. 역사적으로 통제되지 않은 C등급 감정은 시위와 폭력, 반동, 쿠데타로 이어졌습니다. 이러한 감정들을 사회에서 안전하게 제거하기 위해, 치안 유지 목적에서 C등급 감정 생성자에게 소정의 비용을 지불한다고 보시면 됩니다. 일종의 사회 안전망인 셈이죠."

관리자는 오래된 역사 교과서를 읽듯 설명을 끝낸 뒤, 이내 다시 표정을 정리했다. 짜증스러운 설명을 다 마쳤기 때문에, 그의 감정 파형은 다시 자기 위치로 돌아온 듯했다. 마치 수평선처럼 평평하게 눌린 상태였다.

관리자는 도윤의 다음 말을 기다리지 않은 채 곧바로 사라졌다. 도윤은 한참을 말없이 서 있었다. 그의 분노는 위험했고, 팔리지 않았으며, 제거되어야 했다. 추출 센터에서 받은 2,000원은 감정의 값이 아니었다. 쓰레기 수거 비용이었다. 사회가 그에게 건넨 돈은 그를 위한 것이 아니었다. 사회를 위한 비용이었다.

'분노는 통상 폐기됩니다.'

그 문장이 머릿속에 박혀 맴돌았고, 뼛속까지 스며드는 듯했다. 1층 데스크에서 자신을 바라보던 직원의 굳은 얼굴이 떠올랐다. 도윤에게서 생성되는 것은 자산이 아니었다. 폐기물이었다. 사회가 원하지 않았고, 격리해야 했으며, 돈을 주면서까지 치워야 하는 것이었다.

도윤은 고개를 들어 위를 올려다보았다. 한 층 위, 지하 6층 천장 너머로 희미한 빛이 새어 나왔다. B등급 감정 판매 처리실이었다. 그곳은 감정 폐기 처리장과 달리 환하게 불을 밝히고 있었다. 마치 다른 세계 같았다. 도윤은 천천히 비상 계단을 향해 걸었다. 발소리가 금속 바닥에서 울렸다. 계단을 올라가자 빛이 조금씩 밝아졌다. 고주파 소리도 조금 약해졌다.

지하 6층의 출입문이 반쯤 열려 있었다. 도윤은 조심스럽게 안을 들여다보았다. 그곳은 확연히 달랐다. 하얀 유니폼을 입은 직원들이 밝은 조명 아래에서 일하고 있었다. 모니터에는 '기쁨' '자신감' '슬픔'과 같은 B등급 감정 데이터가 강물처럼 잔잔하게 흐르고 있었다. 이들은 거래되는 감정이자, 누군가가 원하는 감정이었다. 분류되고 포장되어 구매처로 전송되는 이 과정은, 상품성과 가치를 인정받은 감정만이 누릴 수 있는 유통과 소비의 순환이었다.

지하 6층의 한 직원이 화면을 터치하며 말했다.

"압구정동에서 기쁨이 대량 주문 들어왔네. 물량 충분하지?"

다른 직원이 고개를 끄덕이며 답했다.

"응. 지금 기쁨 시세 1g당 4,000원 유지 중이고. 물량도 안정적이야. 영화사에 보낼 슬픔 40g이랑 그리움 25g. 전송 완료했고…."

그가 화면을 스크롤하다 잠시 멈췄다.

"어? 이거 제대로 들어온 주문 맞아? 불안 5g?"

"불안? 그거 C등급 아니야? 어디 보자. 구매처가…."

다른 직원이 의자를 돌려 화면을 들여다보더니 구매처를 보고는 고개를 끄덕였다.

"대치동 감정클리닉에서 주문한 거네. 자기계발용으로 쓴대. 적당한 불안이나 걱정이 있어야 자기 발전 동기가 생긴다나. 요새 유행이라네. 불안이 있어야 오히려 평온 생성도 잘된대."

"부자들 장난 같네. 불안을 구매까지 해서 써야 되나."

"어차피 우리는 이해 못해. 그런데 이건 C등급 팀에 연락해서 가져와야겠다. 메신저에 입력 좀 해봐"

멍하니 서 있던 도윤은 흠칫 놀라 서둘러 계단을 내려왔다. 부리나케 지하 7층의 자리 잎으로 돌아오자, 딘말기 화면에는 지하 6층에서 보낸 메시지가 떠 있었다.

[B등급 처리팀 → C등급 폐기팀]
불안 5g 필요함. 30분 내 전송 가능?

도윤은 허둥지둥 메시지 창에 답장을 입력했다. 손가락이 키보드를 두드리는 소리가 고주파 마찰음 사이로 작고 날카롭게 울렸다. 그는 폐기 대기열에서 불안 데이터를 서둘러 찾아 B등급 팀으로 전송 버튼을 눌렀다.

'전송 완료' 메시지가 뜨자 도윤은 가쁜 숨을 몰아쉬었다. 그리고 다시 모니터에 시선을 고정했다. 화면 속에서는 여전히 C등급 폐기 감정들이 폭포처럼 흘러내리고 있었다. 분노와 절망, 혐오, 체념. 수백만 개의 C등급 이하 감정이 줄지어 소멸을 기다리고 있었다.

이제 일을 시작해야 했다. 폐기물을 분류하고, 전송하고, 소각하는 일. 누군가의 분노와 절망, 혐오를 지워야 했다. 끝내는 자신의 분노마저 이 손으로 지워야 했다. 그것이 도윤의 일이었다.

2062.10.29. 09:47 분노 C. ID#2847-LDW. 200g. 폐기 대기

선택. 소각 예약. 그의 분노는 폐기열에서 한 칸 앞으로 밀려났다. 소각에 한 걸음 더 가까워진 것이다. 도윤은 다음 데이터로 넘어갔다. 그다음 데이터로, 또 그다음 데이터로. 고주파 소리는 여전히 귀를 찢는 듯 날카로웠다. 그런데도 그는 어느새 그 소리에 조금씩 익숙해지고 있었다. 아니, 정확히는 그 소음에 길들여지고 있었다.

얼마나 시간이 흘렀는지는 알 수 없었다. 도윤은 뻐근해진 눈을 비비며 잠시 기지개를 켰다. 폐기 대기열 옆 모니터에는 실시간 감정 흐름 차트가 떠 있었다. 헐값의 감정인 분노와 불안, 절망은 붉은색으로 표시된 채 폐기열로 무더기처럼 쏟아져 들어왔고, 평온 같은 고가 감정은 옅은 하늘색으로 빛나며 판매 대기열을 따라 구매자에게 전송되고 있었다. 세상의 감정 분포가 실시간으로 갱신되는 화면이었다. 그때 화면에서 데이터 하나가 전혀 다른 색으로 갱신되었다. 흰색이었다. 도윤은 눈을 가늘게 떴다.

'저건 뭐지?'

흰색으로 표시된 슬픔이었다. 슬픔은 원래 푸른색으로

표시되고, 1g당 1,000원에 판매 대기열로 넘어가는 것이 정상이있다. 그린데 이 데이티는 달랐디. 판메 대기열로도, 페기 대기열로도 가지 않았다. 그 슬픔은 '예술 아카이브'라는 외부 서버로 전송되고 있었다. 마치 전혀 다른 차원으로 흘러 들어가는 것만 같았다. 도윤은 홀린 듯 전송 기록을 클릭했다. 곧 세부 정보가 화면에 떠올랐다.

감정명: 슬픔(Art-Edition)
수량: 10g
생산자: 서예나(Art_001)
생산일자: 2062.10.29. 14:23
최종판정: 감정 아카이브 전송

"그건 특별 케이스예요."

갑자기 뒤에서 목소리가 들렸다. 도윤은 놀라 짧게 숨을 삼켰다. 관리자였다. 그는 어느새 돌아와 도윤의 옆에 서 있었다.

"특별 케이스요?"

"서예나의 감정이죠. 첫날이니 말씀드리는 겁니다."

서예나는 감정 아티스트였다. 이 도시에서 그녀의 이름

을 모르는 사람은 거의 없다. 그녀의 작품은 감정 귀족들 사이에서 '감정의 미학'을 구현한 예술로 극찬받으며 고가에 거래되었다. 지금은 공식적으로 감정 예술가로 활동하고 있지만, 원래 그녀는 감정 전송 장치 개발자이자 천재 프로그래머였다. 노바가 설계한 감정거래소 시스템의 1세대 엔지니어 출신으로, 시스템의 중추를 담당하다가 홀연히 은퇴한 인물로도 유명했다.

관리자는 평탄한 목소리로 말했다.

"서예나는 현재 감정을 거래하지 않고 예술 아카이브로 전송할 수 있는 유일한 인간입니다. 서예나 이후 수십 명의 감정 예술가가 있었지만, 데이터 변조 사고 이후 시스템이 감정 아카이브 접근 권한을 모두 닫아버렸기 때문에 지금은 오직 서예나만 감정을 아카이브로 전송할 수 있죠."

도윤은 문득 지하로 내려오기 전, 거래소 로비 바닥을 장식하던 거대한 스크린을 떠올렸다. 발아래로 형형색색의 감정 파동이 빛의 강이 되어 물결로 일렁이고 있었다.

"로비에 있던 작품…."

"네, 그게 서예나의 작품 〈환희〉입니다. 감정거래소의 상징이자, A등급 감정보다 비싼 유일무이한 감정 예술이죠."

　관리자는 손을 뻗어 도윤이 멋대로 열어본 화면을 닫았
다. 서예나의 하얀색 데이터가 사라지고, 다시 붉은 폐기
열이 화면을 가득 채웠다.

　"다른 사람이 생산하면 슬픔은 1g에 1,000원입니다. B
등급이죠. 하지만 서예나의 슬픔은 다릅니다. 같은 슬픔
이라도 누가 만드느냐에 따라 예술이 되기도 하고, 상품이
되기도 하고, 쓰레기가 되기도 합니다."

　'쓰레기'라는 단어가 들리는 순간, 도윤의 가슴속에서
또다시 뜨거운 것이 치밀어 올랐다. 그의 분노는 지하로
내려오는 엘리베이터 안에서 1g당 10원으로 강제 정산당
했다. 하지만 서예나의 슬픔 1g은 가격조차 매길 수 없을
만큼 귀했다. 같은 무게인데도 전혀 다른 가치가 부여되는
감정의 위계였다.

　"궁금증은 풀리셨나요? 첫날이니 이번에는 넘어가겠지
만, 다음부터는 할당된 업무에 집중해주시기 바랍니다."

　도윤은 천천히 숨을 골랐다. 하루를 버티려면 감정을
접어두는 수밖에 없었다. 돈도 안 되는 분노 따위는 이제
생산해봐야 소용없었다. 그는 다시 기계처럼 움직였다. 지
시된 C등급 감정 폐기 업무에 몰두했다. 폐기되는 감정들

　　　　　　　　　　　　　　　　　　　감정거래소

사이에서 그는 자신의 미래를 보았다.

오후 6시, 도윤은 하루의 감정 폐기 업무를 마치고 지하 폐기장을 나왔다. 작업복을 벗어 반납하고, 일당을 받기 위한 근무 일지에 서명했다. 서명을 마치고 돌아서는 순간, 낯익은 얼굴이 눈에 들어왔다.

"성민아!"

도윤은 반사적으로 외쳤다. 군대에서 함께 복무했던 성민이었다. 성민은 늘 에너지가 넘치던 사람이었다. 하지만 몇 년 만에 다시 본 그의 얼굴은 도윤이 기억하던 모습과는 달랐다. 눈 밑은 더 깊이 꺼져 있었고, 어깨는 더 축 처져 있었으며, 표정은 더 메말라 있었다. 오랜 시간 물기를 잃은 화초처럼 바짝 마른 얼굴은, 방금 전 관리자와 소름 끼칠 만큼 닮아 있었다.

"너도 이 일 하니?"

"오늘부터 시작했어."

"힘들었겠네. 오랜만에 만났는데, 오늘 받은 돈으로 술이나 한잔 할까?"

도윤은 잠시 망설였다. 평온 생성 학원비도 내야 했고, 월세도 내야 했다. 그 생각이 떠오르자 다시 화가 치밀어

올랐다. 분노가 생성되려는 참이었다. 하지만 도윤은 자신의 분노가 폐기되는 장면이 머릿속에서 떠나질 않았다.

"그래. 술이나 먹자."

도윤은 고개를 끄덕였다.

술을 마시면 잠시나마 즐거움이나 용기 같은 감정이 생겨났다. 물론 술을 마시고 생성된 감정은 순도 부족으로 판매가 불가하다. 하지만 돈 주고도 사는 상위 감정이니, 스스로 느끼는 것만으로도 의미는 있었다. 어쩌면 술로 사는 편이 더 쌌다. 물론 도윤이 그런 계산을 한 것은 아니었다. 다만 성민의 제안이 오랜만에 무가치하지 않은 일처럼 느껴졌을 뿐이었다.

맥줏집의 소음은 지하에서 울리던 고주파의 마찰음과는 전혀 달랐다. 사람들의 웃음소리와 잔이 부딪히는 소리, 주방에서 고기가 지글거리며 익어가는 소리가 한데 뒤엉켜 흘렀다. 계산되지 않은 기분들도 그 소리들 사이를 함께 떠돌고 있었다. 그곳에서는 아무도 감정을 추출하지 않았다. 그저 느끼고, 토해내고, 웃고, 화내고, 서로를 위로할 뿐이었다. 도윤은 그 소음 한가운데서야 비로소 오늘 처음 숨을 쉬는 것 같았다.

지상, 빛이 있는 곳. 이곳에서는 살아 있는 사람들이 자기 감정을 스스로 쓰고 있었다. 첫 잔을 들이켜자 시원한 맥주 한 모금이 목구멍을 타고 내려갔다. 몸속 깊은 곳에 남아 있던 감정의 찌꺼기까지 함께 쓸려 내려가는 듯했다.

"할 만해?"

성민이 먼저 물었다. 그의 눈빛에는 겪어본 사람만 알아보는 피로가 드리워져 있었다.

"잘 모르겠어. 이게 도대체 무슨 종류의 일인지…. 너는 오래 일했어?"

"나는 한 2년쯤? 일 자체는 단순한데 오래 버티는 사람은 별로 없어. 그래서 그런지 한 번 들어오면 잘리지도 않고. 나도 처음에는 폐기 대기열에서 일했는데 지금은 감정 판매 처리실에서 일해. 지하 6층. 나름 관리자지."

"관리자는 뭘 하는데?"

"시스템 모니터링. 회로 점검도 하고. 나 대학에서 전자 공학 전공했잖아. 졸업 못하고 군대 갔지만. 그래서 이 일 시작할 때 좀 빨리 배웠어. 감정 추출 시스템도 결국 데이터 회로와 알고리즘으로 굴러가니까."

도윤은 방금 본 폐기열의 감정들을 떠올렸다. 끝없이 쏟아지던 붉은 데이터들이 떠올랐다.

"난 여태 내 분노를 사서 어디다 쓰나 했더니, 사서 버리는 거였어. 진짜 더 열받더라.”

성빈이 노윤을 바라보았다. 삼시 침묵이 흘렀다.

“너… 분노 생성자야?”

“응, 넌 아니야?”

성민은 맥주를 한 모금 더 마신 뒤, 담담하게 말했다.

“난 체념 생산자야.”

“좋겠네. 체념은 그래도 분노보단 가격을 좀 더 쳐주잖아.”

이제 보니 성민의 목소리는 예전보다 훨씬 평탄해져 있었다. 지하 7층에서 듣던 관리자의 목소리가 떠올랐다. 체념은 같은 C등급이라도 분노보다 세 배쯤 비쌌다.

“나도 원래는 분노 생산자였는데, 여기서 2년쯤 일하니까 체념이 나오더라.”

“그게… 바뀔 수가 있어?”

“응. 바뀌더라. 감정 생성에도 나름 알고리즘이 있어. 감정 판매 처리실 매뉴얼에 나와 있어. 감정이 어떤 조건에서 생성되는지, 어떤 감정은 상층으로 올라갈 수 있는 구조인지.”

“그럼… 나도 바뀔 수 있다는 거야?”

“분노 생산자는 시간이 지나면 체념 생산자로 바뀔 수

있어.”

도윤은 숨을 들이마셨다. 희망 같은 것이 가슴속에서 피어올랐다.

“유튜브에 나오는 평온 생성 강의하는 애들이 다 감정거래소 출신이라더니 진짜였구나? 사기꾼인줄 알았더니?”

“사기꾼이지.”

“그래?”

성민은 도윤을 건조한 눈빛으로 바라보았다.

“평온은 우리 같은 사람들은 생성이 안 돼. 후천적으로 올라갈 수 있는 건 C등급에서도 조금 더 가격 쳐주는 등급 정도지. 최대 B등급까지야. 그것도 진짜 몇 년 수련해야 돼. 애초에 분노 생산자에서 출발하면 기쁨까지 가는 건 무리야.”

도윤은 입을 다물었다. 피어올랐던 희망은 순식간에 재처럼 흩어졌다.

“50만 원만 날렸네. 유튜브 유료 멤버십.”

“그 돈이면 한 달 밥값은 됐겠다.”

도윤은 맥주를 들이켰다. 아까와는 달리 쓴맛만 목구멍에 남았다.

"가자, 내일 또 출근해야지. 술 마시면 분노만 더 오를 수 있으니까 조심해. 여기서 싸우거나 그러면 바로 해고 야."

성민이 자리에서 일어났다. 도윤도 함께 맥줏집 문을 나섰다. 밖은 이미 어두웠다. 차가운 밤공기가 얼굴을 스쳤고, 도시의 불빛이 하나둘 켜지고 있었다. 저 멀리 높은 곳의 불빛은 밝고 깨끗했지만, 도윤이 서 있는 곳의 불빛은 위태롭게 깜빡였다. 성민은 손을 한 번 흔든 뒤 어둠 속으로 사라졌다. 도윤은 혼자 남았다. 그는 천천히 하늘을 올려다보았다. 별은 보이지 않았다. 도시의 빛은 너무 밝고, 또 너무 많았다.

도윤은 집으로 돌아가는 지하철을 탔다. 지하철은 사람들로 가득 차 있었다. 그러나 아무도 말하지 않았다. 사람들은 하나같이 휴대폰에 고개를 박고 무언가를 보고 있었다. 대부분은 고가 감정 생성 강의였다.

'행복 생성을 위한 인테리어, 집에 어떤 물건을 들여놓아야 행복이 생성될까요?'
'월 200 버는 당신도 감정 귀족이 될 수 있다'
'V-Log: 감정 귀족의 하루 / A등급 열정 100g 추출하고

감정거래소

명품 쇼핑 하울’
‘감정 포트폴리오 리밸런싱으로 손쉽게 월 2,000 벌기’

감정 생성을 학습하는 사람들의 얼굴에는 좀처럼 표정이 떠오르지 않았다. 그들은 더 이상 감정을 느끼지 않았다. 오직 어떻게 해야 한 번에 더 높은 수익률의 감정을 생성할 수 있을지만 연구했다. 그들에게 감정은 자산이었고, 포트폴리오였으며, 하나의 투자상품이기도 했다. 도윤의 맞은편에 앉은 사람의 화면 속에서는 한 여자가 쉼 없이 열변을 토하고 있었다.

모성 생성 유튜버 김민지의 꿀팁을 공개합니다.
출산 후 감정 수익률 400% 상승했어요!
모성이야말로 진정한 대박 감정이지요.

영상 속 여자는 밝은 미소로 말했다.

“여러분, 솔직히 이제 기쁨이나 연인과의 사랑은 공급 과잉입니다. 제가 구독자 여러분께만 알려드리는 꿀팁! 지금 시장에서 진짜 희소하게 팔리는 고가 감정은 바로 ‘모성’입니다. 출산하고 모유수유 시에만 생기는 감정이라,

공급이 정말 희소하거든요. 단가가 달라요.”

화면 한쪽에는 영수증이 떴다.

A등급 특수 감정. 모성 1g당 1,200,000원

“대박이죠? 평온의 무려 12배! 저는 이번 달 모성 판매로 무려 월 천 이상의 수익을 올렸어요. 이건 진짜 아기 안 낳아본 사람은 절대 모르는 꿀팁입니다. 여러분도 모성 판매로 월 천 달성하실 수 있어요!”

도윤은 어처구니 없이 웃었다. 모성 판매로 월 천 달성이라니. 하지만 그는 모성을 몰랐다.

‘하긴, 내가 모성에 대해 뭘 알아.’

그는 태어나자마자 부모에게 버려져 보육원에서 자랐다. 그에게 ‘모성’은 감정이라기보다 교과서 속 단어였다. 박물관에 전시된 화석 같은 것이랄까. 존재했다고 알려져 있지만 그는 느껴보지 못한 감정 같은 것이었다. 누군가에게는 평생 꿈꿔온 감정이 거래 단위가 된다는 것이 어이없고 쓸쓸했다. 그럼에도 도윤은 잠시 그 화면을 멍하니 바라보며 생각했다.

‘한 번쯤 그 감정을 사보고 싶기는 해. 다른 감정보다

도….'

1g만이라도 좋았다. 누군가에게 따뜻하게 안겨지는 감
정은 어떤 건지, 존재 자체로 받아들여진다는 기분이 어떤
건지 말이다. 어렸을 때 모성을 느껴봤다면, 자신은 분노
생성자가 아닐 수도 있었다는 생각이 떠나지 않았다. 하지
만 곧 모성 가격을 떠올리며 도윤은 고개를 흔들었다. 1g
에 120만 원, 그 감정은 도윤이 소비하기에는 말도 안 되
게 비쌌다. 그에게 모성은 사치품이나 다름없었다.

지하철이 멈췄다. 도윤의 역이었다. 그는 자리에서 일
어나 문밖으로 나갔다. 그는 사람들 사이를 비집고 계단을
올라 지상으로 걸음을 옮겼다. 11월 초인데도 공기가 칼날
처럼 예리했다. 도윤은 옷깃을 여미고 한참을 걸어올랐다.
지하에서 지상으로 올라왔지만, 그가 가는 곳은 또 다른
꼭대기인 언덕에 위치한 옥탑방이었다. 가장 낮은 곳과 가
장 높은 곳, 둘 다 그의 자리처럼 느껴졌다. 계단을 오르며
도윤은 생각했다.

'분노도 체념이 될 수 있다.'

그러나 성민은 그것이 상한선이라고 했다. 분노에서 체
념으로, C등급에서 C등급으로 가격만 조금 오를 뿐 그 너
머에는 평온도 기쁨도 희망도 없다고 했다. 도윤은 옥탑방

문을 열었다. 방은 좁고 어두웠다. 불을 켜자 형광등이 몇 번 깜빡이다가 이내 커졌고, 차가운 흰빛이 방 안 가득 번져나갔다. 도윤은 침대에 누워 천장을 바라보았다. 천장에는 곰팡이 자국이 지도처럼 넓게 퍼져 있었다. 내일이 오면 그는 다시 지하로 내려가야 했다. 다시 지하로 내려가 분노를 지우고, 절망을 소각하고, 불안을 폐기해야 했다. 그러다 보면 언젠가 그의 분노 또한 체념으로 바뀌고 말 터였다. 도윤은 눈을 감았다. 어둠 속에서 고주파 소리가 귓가를 맴도는 듯했다.

감정거래소

평온의 원천

　도윤은 오늘도 감정거래소 지하 7층으로 출근했다. 어느덧 일주일째였다. '이쯤 되면 뭔가 이상이 생겨야 하는 것 아닌가.' 사람들의 끔찍한 후기를 읽을 때만 해도 그는 잔뜩 겁을 먹었었다. 그러나 예상과 달리 도윤의 몸은 조용했다. 아무런 후유증도 없었다.

　지하 7층에는 어김없이 고막을 찢을 듯한 고주파 소리가 사방에서 울려왔다. 도윤은 귀에 이어플러그를 하나 더 끼고 왔다. 두 겹의 보호막을 씌웠는데도 그 소리는 여전히 두개골 안쪽으로 스며들었다. 하지만 이제는 그 소리조차 일상의 배경음처럼 익숙해졌다. 통증도 오래 견디다 보면 끝내 무뎌지는 법이었다.

　도윤은 익숙한 손놀림으로 거대한 모니터 앞 단말기에 앉았다. 오늘도 삭제 대기열에는 수천 개의 폐기 대상 감정 데이터가 빼곡하게 올라와 있었다. 그것들은 붉은 강물처럼 끝없이 흘러내렸고, 끈적하고 어두운 감정의 찌꺼기처럼 보였다. 도윤은 폐기열에 쌓인 C등급 데이터를 손가락으로 가만히 훑었다.

C등급 분노 1,342건 – 삭제 대기
데이터 상태: 정상

도윤은 삭제 버튼을 누르며 씁쓸하게 웃었다. '정상적인 분노'를 삭제한다는 말은 그 자체로 우스웠다. 애초에 감정에 등급이 있다는 사실부터가 우습게 느껴졌다. 그러나 정작 도윤 자신도 분노라는 감정을 붙들고 싶지는 않았다. 감정거래소가 없더라도, 이 지긋지긋한 감정을 버리고 평온을 얻을 수 있다면 얼마든지 그렇게 하고 싶었다. 사람들이 원하지 않는 감정을 버리고 원하는 감정을 손에 넣을 수 있다면, 그것은 얼핏 나쁘지 않은 거래처럼 보였다. 감정거래소의 창시자 노바 역시 그렇게 말하곤 했다.

"기쁨은 소비하고, 슬픔은 판매하세요. 감정은 순환되어야 비로소 건강해집니다."

도윤은 다시 대기열을 스크롤했다. 삭제 작업은 지독

할 만큼 단조로웠다. 지하 7층 폐기열 서버에는 원래 C등급 감정만 들어오는 것이 정상이었다. 도윤이 할 일은 아주 드물게 B등급 감정이 섞여 들어오는지만 확인하는 것, 그뿐이었다. 그런데 오늘은 유난히 데이터가 많았다. 상층 서버가 과부하로 백업 중이라, 일부 감정 파일이 하층 서버로 임시 이관될 수 있다는 공지가 있었다. 그래서 오늘만큼은 대충 훑어볼 수도 없었다. 이런 때 실수라도 나서 데이터가 잘못 폐기되면, 그만큼 도윤의 일당에서 공제될 터였다. 몇 시간째 하품만 삼키며 스크롤을 내려보던 도윤은 순간 눈썹을 찌푸렸다.

"이게 뭐지?"

2062.11.4. 09:47 평온 A. ID#5004-HIS. 500g

"평온? 이게 왜 여기 흘러들어왔지?"

도윤은 무심하게 정지 버튼을 눌렀다. 한없이 흘러가던 폐기열의 감정 데이터 흐름이 잠시 멈췄다.

"어떻게 하는 거였더라⋯."

이 데이터는 폐기할 것이 아니라 판매 대기열로 돌려보내야 했다. B등급 감정이 폐기열로 잘못 들어왔을 때는 판매 대기열로 넘기는 단축 버튼이 있었지만, A등급 감정은 처음이었다. A등급 데이터는 원칙적으로 본사에서 직접 관리했다. B7 작업자 매뉴얼에도 A등급 데이터의 수동 이관에 대해서는 아예 적혀 있지 않았다.

"이거 잘못하면 5,000만 원 날아가는 건데."

그 금액은 도윤의 1년 치 연봉을 훌쩍 넘고도 남았다. 도윤은 침을 꿀꺽 삼켰다. 그리고 마우스를 우클릭해 나타난 관련 정보를 하나하나 찬찬히 살피기 시작했다.

'압축. 아니고… 삭제. 절대 안 되고… 데이터 속성….'

도윤이 데이터 속성 탭에 들어가 상세정보 보기를 누르자 작은 창이 떴다.

감정명: 평온 A

수량: 500g

생산자: 한이수(ID:5004-HIS)

생산일자: 2062.11.4.

최종판정: 판매(구매자 E-0079)

누적 생성량(금일): 1,000g

자체 소비량: 0g

경로: H50_prod → B7_temp → Noble-List 배정 (E-0079)

비고: 오버플로우 덤프(temp)

"한이수?"

도윤의 손이 멈췄다. 바로 그 이름이었다. 도윤이 감정 추출 센터에 가기 직전까지 열심히 보던 바로 그 평온 생성 유튜버였다. 50만 원짜리 유료 멤버십을 결제했던 그 사람.

"와, 평온 생성 유튜버는 역시 아무나 하는 게 아니었네."

도윤은 헛웃음을 흘렸다.

"평온을 500g씩 추출해낸다고? 1회 추출 가능 감정이 이렇게 많을 수가 있나?"

현재 평온의 시세는 1g에 100,000원이었다. 눈앞의 평온은 5,000만 원이었다.

도윤은 눈을 가늘게 뜨고 한 줄 한 줄을 읽어 내려가다가, 순간 숫자를 다시 읽었다.

누적 생성량(금일): 1,000g

오늘 하루 한이수가 생성한 평온의 양은 1,000g. 1g에

100,000원이니 1,000g이면 하루에 1억이었다.

"미친…."

도윤은 화면을 멍하니 바라보았다.

"생성량이 하루에 1,000g이야? 인간이 그게 가능한 건가? 숨만 쉬고 평온만 생성한다고? 인형인가?"

그는 유튜브에서 보았던 한이수의 얼굴을 떠올렸다. 언제나 잔잔한 호수처럼 고요하던 얼굴, 무슨 일이 있어도 좀처럼 흐트러지지 않던 표정과 목소리.

"하긴, 유튜브 할 때도 좀 인형 같긴 했어. 사람이 흐리멍덩하니. 그나저나 역시 떼돈을 버는구나."

고작 2,000원에 폐기 당할 분노 200g이나 생성하는 자신의 인생과는 사는 세상이 달랐다.

도윤은 다시 화면을 내려다보았다. 한 줄이 눈에 들어왔다.

　　　자체 소비량: 0g

자체 소비량은 0g이었다. 이상하게 그 숫자가 도윤의 가슴을 찔렀다.

"한이수는 1,000g을 생성하고 단 1g도 못 느낀다는 건가?”

순간 예상치 못한 분노가 일었다. 엘리베이터에서 내려오며 모두 빼앗겼다고 생각했던 그 감정이 다시 들끓기 시작했다. 그러나 이 분노는 오직 자신만을 향한 것은 아니었다. 누구를 위한 것인지 정확히 알 수는 없었지만, 분명 도윤의 가슴 깊은 곳에서 무언가가 뜨겁게 끓어오르고 있었다. 폐기 등급의, 쓸모없는, 그러나 분명 자기 자신의 것인 감정. 내가 아직 느낄 수 있는 감정이었다.

“지긋지긋하지만 나는 분노는 느낄 수 있는데.”

도윤은 중얼거렸다.

“Noble-List 배정? 구매자도 특정되어 있네. 그나저나 노블 리스트는 뭐지? 감정 귀족용인가?”

한이수의 평온은 다른 평온과는 달랐다. 이미 그 평온의 주인은 정해져 있었다. 누군가가 그것을 미리 예약해두고, 독점하며, 소유하고 있었다. ‘E-0079’. 한이수가 만들어낸 모든 평온을 홀로 소비하는 자였다. 도윤은 자신도 모르게 마우스를 우클릭했다. 곧바로 메뉴가 펼쳐졌다. ‘상세정보’ ‘구매자 조회’…. 도윤의 손가락은 망설임 없이 ‘구매자 조회’로 향했다. 클릭하는 순간 암호 입력창이 떠올랐다.

"역시….”

도윤은 이번에는 데이터 속성 칭에서 '경로'를 따라깄다. 도대체 그 뒤에 누가 있는지 확인하고 싶었다. 'Noble-List'를 누르자, 화면에는 알파벳과 숫자가 뒤섞인 조합이 순식간에 가득 떠올랐다. 도윤은 재빨리 스크롤을 내리려 했다.

"E… E-001…. E-007… E-0079!”

도윤이 E-0079를 발견하자, 자그마한 팝업창이 떴다.

덤프 오류로 자동 재배치됩니다. 3… 2… 1…

"안 돼!”

도윤의 외침이 허공에 울렸다. 숫자창이 사라지자 리스트 속 한이수의 평온도 동시에 자취를 감췄다. 마치 처음부터 없었던 환영처럼. 거래 기록 창에는 새로운 로그가 덧붙어 있었다.

[정산완료] 평온 500g
판매자 : ID:5004-HIS
구매자 : E-0079

금액 : 5,000만 원

처리자: 본부 시스템(001)

하청정제팀 수수료: 해당사항 없음

도윤은 허탈했다. E-0079. 그 이름은 분명 그의 눈앞에 있었다. 하지만 닿기도 전에 사라지고 말았다.

"젠장."

도윤은 다시 자판을 두드렸다. 경로를 다시 따라갔다. 하지만 그새 접근은 차단되어 있었다. 시스템은 완벽했다.

Noble-List 접근 권한이 없습니다.
B7 등급 작업자는 조회할 수 없습니다.

복도 밖에 발소리가 들렸다. 도윤은 흠칫 놀라 황급히 창을 닫았다. 들으라는 듯 일부러 큰 소리로 말했다.

"얼른 일 마치고 집에 가야겠다."

도윤은 다시 일시정지된 폐기 대기열을 활성화시켰다. 그가 잠시 한이수의 자료를 살펴보는 사이, 삭제되지 못한 채 대기하고 있던 엄청난 양의 분노와 불안이 붉은 폭포처럼 한꺼번에 쏟아져 들어왔다.

‘삭제, 삭제, 삭제!’

도윤은 기계처럼 삭제 버튼을 언달이 눌렀다. 클릭, 클릭, 클릭. 손가락은 로봇 팔처럼 쉬지 않고 위아래로 움직였다. 그러나 머릿속 한구석에서는 자꾸만 궁금증이 고개를 들었다.

‘한이수는 누굴까.’

발자국 소리는 어느새 멀어져 있었다. 삭제 버튼을 몇만 번쯤 누르고 나자 손가락 끝이 뻐근하게 저려왔다.

퇴근시간을 알리는 벨이 날카롭게 울렸다. 도윤은 엘리베이터 앞의 커다란 상자에 작업복을 벗어 던지고, 곧바로 엘리베이터에 올라 1층 버튼을 눌렀다.

엘리베이터가 지상으로 올라가기 시작했다. 빛을 향해. 공기는 여전히 차갑고 건조했다. 집으로 돌아가는 길에는 고장 난 가로등 하나가 깜빡이며 어둠을 붙잡고 있었다.

‘망할, 도대체 이 가로등은 언제 고치는 거야.’

도윤은 분노와 가쁜 숨을 함께 내쉬며 익숙한 골목길을 걸어 올라갔다. 가로등쯤은 고장이 나도 아무 문제 없었다. 이 길은 이제 눈을 감고도 걸을 만큼 익숙했으니까. 숨이 차도록 언덕을 오르는 동안, 잠시 분출되었던 C등급 분

　　　　　　　　　　　　　　　　감정거래소

노도 뜨겁게 치솟았다가 공기 식듯 서서히 사그라들었다. 그렇게 감정의 순환을 끝낸 그는 다시 제 비루한 현실 앞으로 돌아왔다. 어두운 옥탑방. 도윤은 불을 켰다. 방은 여전히 좁고 차가웠으며, 눅눅한 냄새를 품고 있었다.

변화 하나 없는 하루를 마무리하기 전, 도윤은 오늘도 습관처럼 휴대폰 화면을 켰다. 파란빛이 어둠 속에서 피어올라 그의 얼굴을 비추었다. 알고리즘은 '감정 귀족 한이수'의 최신 영상을 띄워주고 있었다. 빨간 점이 깜빡였다. 라이브였다. 그녀는 지금 이 순간에도 방송을 하고 있었다. 도윤은 홀린 듯 한이수의 영상을 눌렀다.

[LIVE] 오늘의 평온수업
당신의 하루에 평온 1g을 더하는 비결
한이수와 함께라면 당신도 가능합니다.

화면 속 그녀는 하얀 배경 앞에서 오늘도 부드럽게 미소 짓고 있었다. 감정 교본을 그대로 옮겨놓은 듯한 얼굴은, 인간이라기보다는 평온을 형상화한 조각상에 가까워 보였다. 도윤은 화면을 내려다보다가 손가락으로 댓글 창을 열었다. 수천 개의 댓글이 정렬되어 있었다. 모두가 평온했고, 모두가 감사했고, 모두가 찬양하고 있었다.

"오늘도 덕분에 마음이 정화됐어요."

"이수 님 목소리는 진짜 힐링이에요."

"노바가 선택한 천사."

"이수 님 보면 제 마음도 평온해져요."

"이수 님처럼 되고 싶어요."

'천사….'

도윤은 그 단어를 속으로 되뇌었다. 오늘도 한이수가 평온을 500g이나 생성했다는 사실이 다시 떠올랐다. 하루에 1억을 번다는 그 사실, 그리고 그 옆에 붙어 있던 또 하나의 숫자까지.

자체 소비량: 0g

'천사는 무슨.'

가슴속에서 뜨거운 것이 치밀어 올랐다. 그것은 단순한 분노만은 아니었다. 부러움과 안타까움이 서로 부딪히고, 공격하고 싶으면서도 동시에 지켜주고 싶어지는 마음이 뒤엉키며 이름 붙일 수 없는 감정으로 번져갔다. 분노와 연민, 그 사이 어딘가에서 도윤은 자신도 모르게 손가락을

감정거래소

움직였다. 댓글창을 터치한 후 천천히 타이핑을 시작했다. 손가락이 화면을 두드릴 때마다, 그의 감정은 끝내 문자로 흘러나왔다.

@d0yun_k 당신, 진짜 사람 맞아? 평온 생성 인형 아냐? 남들이 다 당신처럼 생성할 수 있는 것도 아닌데 이렇게 강의나 팔아도 되는 거야? 당신은 그리고…. 진짜 평온을 느끼고 있는 거야?

전송. 그의 댓글은 마치 평온한 물결 위로 던져진 돌멩이 같았다. 잔잔하던 표면에 작은 파문이 번져나가기 시작했다. 댓글을 단 지 채 10초도 지나지 않았을 때였다. 핑. 핑. 핑. 마치 총성처럼 알림음이 연달아 울렸다.

"딱 봐도 분노 생성자네. 냄새 난다."
"분노 생성자 주제에 감정 귀족한테 인형 운운ㅋㅋㅋ"
"저런 애들은 감정 폐기장에서 일해야."
"폐기물이 말을 하네ㅋㅋ"
"열등감 쩐다."
"저러니까 폐급 인생이지."

댓글 창은 순식간에 욕설과 조롱으로 뒤덮였다. 붉은 파도 같은 조롱이 거침없이 밀려들어왔다. 하지만 이수의 영상은 여전히 평온했고, 라이브 화면 속에서 변함없이 미소 짓고 있었다. 마치 아무것도 보지 못하는 사람 같았다. 대신 다른 사람들이 한이수를 대신해 분노하고 있었다.

도윤은 휴대폰을 내려놓았다. 손이 떨렸고, 가슴은 빠르게 뛰었으며, 얼굴은 화끈하게 달아올랐다.

'나 뭐 하는 짓이지.'

또다시 순간의 감정을 이기지 못했다. 그래도 적어도 도윤의 감정만큼은 진실했다.

유튜브 화면 저 너머 촬영 스튜디오에서는, 라이브 방송을 촬영하고 있는 스태프들이 웅성거리고 있었다. 모니터를 바라보던 PD는 욕설 섞인 숨을 내뱉으며 화면을 확인했다.

"d0yun_k? 앤 또 뭐야. 야, 댓글 삭제해."

조연출이 삭제 버튼을 누르려던 순간, 노바가 손을 들어 그를 막았다.

"잠깐."

그의 목소리는 묘했다. 인공적인 잔향이 배어 있었고, 전자음과 숨소리가 겹쳐 들리는 그 울림은 마치 두 개의 목소리가 동시에 말하는 것처럼 기이하게 들렸다.

"노바님, 지금 실시간으로 댓글이 분노로 뒤덮이고 있는데 얼른 조치를 취하는 게 낫지 않을까요?"

"그대로 두세요."

노바는 모니터를 응시한 채 도윤의 댓글을 바라보았다.

"차라리 잘됐네요."

노바의 입꼬리가 미세하게 올라갔다. 미소라고 부르기에는 너무 작은 움직임이었지만, 분명 미소였다.

"감정 안정화 프로그램 광고 잠시 띄워주세요. 그리고…."

그가 화면 속 댓글을 손가락으로 가리켰다.

"저 댓글 단 사람에게 평온 1g을 지급한다고 공표해주세요."

그러고는 다시 고개를 돌려 옆자리에 앉은 한이수를 바라보았다. 이수는 여전히 카메라를 향해 미소 짓고 있었지만, 눈동자만은 미세하게 흔들리고 있었다.

"이수, 괜찮지? 평온하지?"

노바의 목소리는 부드러웠다. 그렇지만 어딘가 이상했다. 마치 '전원이 제대로 켜져 있니?' 하고 묻는 것 같았다. 걱정이라기보다 상태를 점검하고 시스템을 확인하는 데

가까웠다.

이수는 온화한 미소를 지으며 말했다.

"네. 평온 생성에 문제 없습니다."

"좋아요. 그럼 시작하세요."

노바가 가볍게 고개를 끄덕였다.

곧 광고가 시작되었다. 화면이 전환되며 노바의 얼굴이 클로즈업되었다. 중성적이고 초월적인 얼굴. 감정 거래의 창시자이자, 감정을 지배하는 자의 얼굴이었다.

"감정 안정화 프로그램. 누구나 평온을 느낄 수 있는 세상이 옵니다."

완벽하게 계산된 30초짜리 광고가 끝나자, 한이수가 다시 화면에 나타났다. 그녀는 여전히 흐트러짐 없이 미소 짓고 있었다.

"여러분."

그녀의 목소리는 잔잔한 호수처럼 사람들의 마음을 가라앉혔다.

"감정거래소에서 이번에 새롭게 런칭하는 감정 안정화 프로그램 광고, 다들 보셨죠? 제가 이번에 감정 안정화 프로그램의 앰배서더가 되었어요. 그 기념으로 지금 이 방송을 보고 계신 분들을 대상으로 추첨을 통해 '평온 1g 체험

판'을 무료로 제공해드리려고 해요.”

댓글 창이 순식간에 폭발했다. 수천 개의 댓글이 한꺼번에 밀려 올라왔다.

“와!”
“진짜요??”
“제발 저요ㅠㅠ”
“이수 님 사랑해요.”

이수는 말을 이었다.

“감정 생성자의 등급 차이가 결코 태생적인 것만은 아니에요. 그렇지만 평온을 한 번도 느껴보지 못한 분들은 아무래도 평온 생성이 어렵죠.”

그녀는 가슴에 가만히 손을 얹고 지그시 눈을 감았다. 완벽한 제스처와 완벽한 타이밍이었다.

“제가 늘 느끼고 있는 이 평온을, 여러분께도 나누어드리고 싶어요. 그럼 라이브 방송이 끝난 뒤 추첨 결과를 기대해주세요. 그리고….”

그녀는 잠시 말을 멈추었다.

“특히 오늘 댓글로 저에게 진심을 전해주신 @d0yun_k

님께 추첨 없이 바로 '평온 1g'을 드리려고 해요."

댓글창이 폭빌했다. 하지만 이빈에는 다른 종류의 폭발이었다.

"헐 악플러한테 주는 거 실화?"
"악플 달면 평온 주는 거임??"
"나도 악플 달까"
"이수 님 너무 착하신 거 아니에요ㅠㅠ"
"저런 쓰레기한테 평온을…."
"진짜 인류 구원자다 bb"

그녀는 카메라를 똑바로 응시했다.
"@d0yun_k 님. 아직 방송 보고 계시죠? 당신이 느껴보세요. 제 평온이 진짜인지 저에게 말해주세요."
그렇게 방송은 끝이 났다.

감정 교환

다음 날 아침, 도윤의 좁은 쪽방 문 앞에서 낯선 소리가 울렸다. 집 앞에 택배가 도착한 것이다. 정말로 그에게 평온이 도착했다. 어제 자신의 주소를 알려준 적도 없는데, 평온이 담긴 상자는 이미 그의 발치에 놓여 있었다.

도윤은 문 앞에 놓인 새하얗고 무결한 상자를 집어 들었다. 그 상자에는 배송 과정의 흔적이라곤 조금도 남아 있지 않았다. 표면에는 감정거래소의 로고가 은빛으로 새겨져 있었다. 도윤은 상자를 열었다. 안에는 헤드셋을 닮은 물건이 들어 있었다. 매끈한 흰색 헤드셋과 안경이 하나로 이어진 듯한 그 물건에는 어디에도 이음새가 보이지 않았다. 감정 추출기에 쓰이는 후두부 센서링과 비슷했지만, 그것보다 더 가볍고, 더 세련되었으며, 더 아름다웠다. 설명서에는 이렇게 적혀 있었다.

"당신의 평온을 위해. Emotion Delivery System. NOVA."

도윤은 그 물건을 꺼내 들었다. 손안에서 미세하게 진동하는 그것은 순간 살아 있는 생명체처럼 느껴졌다. 도윤이 헤드셋을 머리에 쓰자 곧바로 낯익은 목소리가 들려왔다. 한이수의 목소리였다.

"이도윤 님, 감정 안정화 프로그램에 참여해주신 것을 환영합니다. 편안한 자세로 눈을 감아주세요."

도윤은 눈을 감았다.

"평온 1g 전송을 시작합니다. 천천히 숨을 들이쉬어 주세요."

처음에는 아무것도 없었다. 어둠과 침묵뿐이었다. 그러나 곧 그것이 찾아왔다. 평온. 그것은 소리처럼 밀려왔다. 아니, 소리가 아니었다. 빛처럼 번져왔다. 아니, 빛도 아니었다. 분명 존재하지만 만질 수 없고, 형태도 없는 무엇인가가 헤드셋을 타고 두개골 안으로 스며들어 뇌의 표면을 부드럽게 쓰다듬었다.

도윤의 몸이 서서히 풀어졌다. 어깨에서 힘이 빠지고, 턱의 긴장이 사라졌으며, 미간도 천천히 펴졌다. 주먹 쥔 손가락은 스르르 힘을 풀었다. 마치 얼음이 녹고 겨울이 봄으로 넘어가듯, 무언가가 천천히 녹아내리고 있었다. 가

     감정거래소

슴속에서 끓어오르던 뜨거운 것도 서서히 식어갔다. 분노. 그 오래된 동반자가 마침내 잠잠해졌다. 마치 폭풍이 수평선 너머로 물러나듯 아득하게 멀어졌다.

'이것이 평온인가?'

도윤은 생각했다. 그러나 곧 생각조차 느려졌다. 물속에서 움직이는 것처럼, 꿈속을 걷는 것처럼, 세상은 고요하게 가라앉았다. 창밖에서 매일 들려오던 사람들 싸우는 소리도, 밤마다 짖어대던 옆집 개의 울음도, 마침내는 자신의 심장 박동 소리조차 멀어져갔다. 도윤은 부드럽고 따스한 거대한 솜뭉치 속에 감싸인 듯했다. 시간은 느슨하게 늘어졌다. 1초가 1년처럼 길게 이어졌다가, 이내 시간이라는 감각 자체가 사라졌다. 과거도 미래도 없는 영원한 현재, 지금 이 순간과 이 호흡만이 남아 있었다. 도윤은 눈물이 흘러내리는 것을 느꼈다.

'이게 평온이구나.'

그는 알았다.

'이게 다른 사람들이 느끼는 것이구나.'

'이게 한이수가 매일 생성하는 것이구나.'

'이게 나에게는 없던 것이구나.'

그는 이해했다. 왜 사람들이 이것을 원하는지. 왜 이것이 1g에 10만 원이나 하는지. 왜 평온 생성자들이 감정 귀족으로 불리는지. 이것은 마약 같았다. 아니, 어쩌면 그보다 더했다. 이것은 본래 인간이 지닐 수 있는 것이었으니까. 더구나 한때는 인간이라면 누구나 누릴 수 있었으나, 어느새 빼앗기고 잃어버린 것이었으니까. 도윤은 평온 속을 한가로이 떠다녔다. 꿈결 같은 시간이 흘러갔다. 얼마나 시간이 흘렀는지는 알 수 없었다.

감정거래소 50층에 위치한 한이수의 전용 감정 추출실에는 한이수가 캡슐 안에 서 있었다. 오늘의 첫 번째 추출 세션이었다. 센서들이 그녀의 피부에 달라붙었고, 모니터에는 평온의 게이지가 차오르고 있었다. 100g, 150g, 200g…. 모든 것은 언제나처럼 순조로웠다. 그녀의 신경계는 완벽하게 작동했고, 아름다운 샘에 물이 차오르듯 평온도 고요하게 차올랐다.

그 순간, 캡슐이 아주 잠깐 격렬하게 진동했다. 동시에 이수도 눈을 번쩍 떴다. 무언가가 그녀 안으로 밀려들고 있었다. 감정은 언제나 그녀에게서 바깥으로 흘러나갔다. 강물이 바다로 흐르듯, 빛이 어둠으로 번지듯, 감정은 늘 밖으로만 향했다. 안으로 들어오는 일은 없었다. 16년 동안 단 한 번도 그런 적은 없었다.

그녀에게 들어오려는 모든 감정은 그녀의 평온과 맞닿는 순간 소멸했다. 파도가 방파제에 부딪혀 스러지듯, 어떤 감정도 끝내 안으로 밀려들지 못했다. 그런데 지금은 달랐다. 무언가가 분명 그녀의 안으로 들어오고 있었다. 그녀의 몸속으로 뜨거운 것이 신경을 타고 역류했다. 평온과는 정반대에 있는 무언가였다. 붉고 끓어오르는 그것이 손끝을 데우고, 척추를 타고 올라와 뇌간을 지나 대뇌로 번져갔다. 그러고는 다시 심장을 스치듯 돌아와 온몸의 혈관으로 퍼져나갔다. 마치 겨울 내내 얼어붙어 있던 강물이 봄날의 열기를 만나 단숨에 녹아내리듯. 이수의 심장은 점점 빨라졌고, 호흡은 거칠어졌으며, 손끝은 미세하게 떨리기 시작했다.

'이게… 뭐지?'

이수의 눈이 크게 뜨였다. 그녀는 이것이 무엇인지 알 수 없었다. 하지만 분명하게 느낄 수는 있었다. 이것은 진짜였다. 살아 있었고, 생명력이 선연하게 느껴지는 진짜 감정이었다. 그리고 그것은 예상 밖의 쾌감으로 밀려왔다. 무엇이든 이룰 수 있을 것만 같았다. 오래도록 억눌려 있던 무언가가 마침내 알을 깨고 나오는 듯했고, 텅 비어 있던 자리 하나가 갑자기 가득 차오르는 것만 같았다. 이수는 심장이 터질 듯이 뛰는 것을 느꼈다.

그때 모니터가 미친 듯이 경고음을 울리기 시작했다.

비정상 파형 감지! 감정 역류!

"당장 전원 내려!"

관제실의 연구원이 소리 질렀다.

이수는 캡슐 안에서 숨을 헐떡였다. 1g의 분노는 곧 사라지기 시작했다.

'아니… 아니야….'

그녀는 그것을 붙잡으려 했다. 처음 느껴본 그 감정을 붙잡으려, 그녀는 허공을 향해 손을 내저었다. 하지만 그것은 없었던 것처럼 완전히 사라졌다. 이수는 다시 텅 빈 채로 캡슐 안에 서 있었다. 그러나 이제는 달랐다. 찰나였지만 그녀는 마침내 알아버렸다. 감정이 어떤 것인지, 분노가 어떤 것인지, 감정을 느낀다는 것이 무엇인지, 살아 있다는 것은 어떤 것인지.

캡슐의 문이 열렸다. 노바가 표정 없는 얼굴로 입꼬리를 올리며 물었다.

　　　　　　　　　　　　　　　감정거래소

"괜찮아요, 이수?"

"네."

노바는 이수를 살폈다. 천천히 세심하게 점검을 마치고 는 이수를 안심시키듯이 말했다.

"시스템에 문제가 있었나봐. 오늘 추출 세션은 여기까 지 하자. 약을 줄 테니 먹고 푹 자도록 해."

"네."

약봉지를 집어든 이수는 감정거래소를 빠져나왔다. 그 녀의 머릿속은 한 가지 생각으로 가득찼다. 오늘, 세상에 단 한 사람, 자신과 감정을 나눈 사람이 생겨났다.

@d0yun_k 님이 귀하의 감정을 체험했습니다.

알림창이 떠오르던 바로 그때, 평온 생성 캡슐이 진동 했다. 동시에 붉은 열기가 밀려왔다. 16년 동안 단 한 번도 없던 일이었다. 도윤이 그녀의 평온을 받는 순간, 두 개의 강이 만나 물길을 바꾸듯 감정이 교차했다. 그녀에게서 그 에게로 평온이 흐르고, 그에게서 그녀에게로는 낯선 무언 가가 역류했다. 이수의 가슴 한구석에서 오래 잠들어 있던 것이 깨어났다. 16년 동안 겨울 호수의 얼음 밑에 묻혀 있던 것이었다.

'@d0yun_k. 그 사람은 내 평온을 느꼈다. 나는 그 사람의 분노를 느꼈다.'

그것은 작은 불씨처럼 시작해 천천히 이수의 영혼 안에서 번져나갔다. 도윤은 누구일까. 어떤 얼굴을 하고 있을까. 무엇이 그를 그렇게 뜨겁게 만들었을까. 질문들이 물결처럼 잇달아 일렁였다.

'당신은 누군가요?'

'나는 왜…. 당신의 분노를 느꼈을까요?'

그 질문은 그녀 안에서 작은 새싹처럼 자라나기 시작했다. 아무것도 없었던, 아무것도 자라날 수 없었던 텅 빈 그녀의 마음속에.

'그를 만나고 싶어.'

약봉지를 쥔 손의 힘이 스르르 풀렸다. 이수는 약봉지를 손에서 놓쳐버렸다. 평온하게. 약봉지는 바람에 휘날려, 바닥에 떨어지기도 전에 어디론가 사라졌다.

같은 시각, 도윤이 눈을 떴다. 평온이 사라지고 있었다. 미세하게 파동의 끝자락이 흔들렸다. 물이 증발하듯, 향기가 흩어지듯 평온의 가장자리가 희미해졌다.

‘아니. 아니야. 아직 아니야.’

도윤은 그것을 붙잡으려 했다. 하지만 붙잡을 수 없었다. 평온은 형태가 없었다. 모래처럼 손가락 사이로 빠져나갔다. 어깨에 다시 힘이 들어갔다. 턱이 다시 굳어졌다. 미간에 주름이 생겼다. 손가락이 다시 주먹을 쥐었다. 분노가 돌아왔다. 수평선 너머에서 더 거세고 더 맹렬하게 폭풍이 다시 밀려왔다.

“안 돼.”

도윤은 중얼거렸다.

“안 돼, 안 돼, 안 돼….”

평온은 완전히 마치 처음부터 없었던 것처럼 순식간에 사라졌다. 도윤은 눈을 떴다. 익숙한 곰팡이 자국이 눈에 들어왔다. 아무것도 변하지 않았다. 하지만 모든 것이 달랐다. 도윤은 평온을 알아버렸다. 그리고 평온을 잃어버렸다. 목마름을 모르던 사람에게 물 한 모금을 주고, 다시 사막으로 돌려보내는 것처럼 갖지 못한 것보다 가졌다가 잃는 것이 더 아팠다.

그때 헤드셋에서 알림음이 울렸다. 부드럽고 기계적인 목소리가 흘러나왔다. 이번에는 노바의 목소리였다. 아니, 어쩌면 그저 노바를 닮은 목소리일지도 모른다.

평온 1g 체험이 종료되었습니다.
어떠셨나요?

도윤은 아무 말도 할 수 없었다.

더 많은 평온을 원하십니까?

도윤의 손이 바르르 떨렸다. 더 많은 평온. 가지고 싶
다. 느끼고 싶어. 평온이 빠져나간 자리에 남은 텅 빈 갈증
은 더 많은 평온을 갈구하고 있었다.

감정 안정화 프로그램 베타 테스트에 참여하시면
평온 10g을 추가로 제공해드립니다.

평온 10g. 1g이 저렇게 강렬했다면, 10g은 어떨까. 10배
의 평온, 10배의 안식, 10배의 구원일까?

베타 참여자는 정식 출시 시
50% 할인 혜택을 받을 수 있습니다.
동의하시겠습니까?

　　　　　　　　　　　　　　　　　　　감정거래소

화면에는 두 개의 버튼이 깜빡이고 있었다. 동의는 녹색, 거부는 회색이다. 그 색은 어느 버튼이 정답인지 지나치게 노골적으로 가리키고 있었다. 물론 머리로는 알고 있었다. 이것이 명백한 함정이라는 것을. 평온 1g은 미끼였다. 잠깐 맛만 보여주는 시식품 같은 것이었다. 그런데 그는 이미 그것을 맛보았고, 곧바로 잃어버렸다. 혀끝에 깊이 각인된, 지독할 만큼 달콤한 마약 같은 평온. 도윤은 잠시 더듬거리듯 그 잔향을 다시 쫓아보려 했다. 손가락은 녹색 빛을 띤 '동의' 버튼 바로 위를 맴돌았다.

그때 무언가가 느껴졌다. 마치 누군가가 자신의 분노를 삼켜버린 듯한 감각이었다. 순간 도윤의 머릿속을 한이수의 표정이 스쳐 지나갔다. 그의 분노를 처음 맛보았을 때, 잠깐 흔들리던 그녀의 당혹스러운 얼굴이 망막 안쪽에 선명하게 맺히는 듯했다.

'그럴 리가….'

도윤은 천천히 고개를 저었다. 자신이 느낀 평온은 분명 한이수의 것이었다. 무한히 평온을 생성하는 한이수. 그런 그녀가 자신의 분노를 느꼈을 리 없었다. 방금 떠오른 그 장면은 아마도 자신이 만들어낸 환상일 것이다. 평온에 굶주린 뇌가 빚어낸 신기루일 것이다. 그런데도 그 감각은 너무도 생생하게 몸에 새겨져 있었다. 단순한 착각이라고 넘기기에는 그 연결감이 지나치게 또렷했다. 정말로 그녀가 내 분노를 느꼈다면. 그 완벽한 인형 같은 사람이, 내 분노를 가져간 것이 맞다면.

'확인해야 해. 그녀를 만나야 해.'

확인이 필요했다. 그전에는 아무 결정도 내릴 수 없었다. 그의 본능은 그렇게 말하고 있었다. 도윤은 거칠게 헤드셋을 벗어던졌다. 손이 떨렸고, 곧 온몸이 미세하게 흔들리기 시작했다.

도윤은 침대에 누웠다. 천장의 곰팡이 자국과 실금 간 벽은 여전히 그대로였다. 그런데도 모든 것이 전과 다르게 보였다. 천장의 곰팡이 자국은 더 이상 단순한 얼룩이 아니었다. 어딘가로 이어지는 길 같았고, 누군가에게 닿게 해줄 항로처럼 보였다.

도윤은 눈을 감았다. 밖에서는 빗소리가 들려왔다. 11월의 차가운 비는 창문을 두드리며 마치 누군가 들어오고 싶어 하는 것 같기도 했고, 어서 나가라고 재촉하는 것 같기도 했다. 그 너머, 아주 희미하게 누군가의 존재가 느껴지는 듯했다. 한이수의 목소리가 아득한 곳에서 다시 들려오는 것만 같았다.

‘당신이 느껴보세요. 제 평온이 진짜인지 저에게 말해주세요.’

꿈속에서 그는 평온했다. 그리고 그 평온 한가운데 한 사람이 서 있었다. 텅 빈 눈동자를 가진 여자. 그런데 그 눈동자 속에는 이제 아주 작은 불씨 하나가 켜져 있었다. 분노의 불씨였다. 도윤이 남기고 온 것이었다.

발견

다음 날 아침, 도윤은 여느 때처럼 눈을 떴다. 옥탑방의 냉기는 여전히 그의 코끝을 시리게 했지만, 감각은 어딘가 무뎌져 있었다. 깨어나자마자 머릿속을 지배한 것은 추위가 아니라 어젯밤 맛보았던 평온의 감각이었다. 솜사탕처럼 녹아 사라진 그 짧은 평온의 기억과, 그 끝에 겹쳐 떠오르던 한이수의 얼굴이 아직도 선명하게 남아 있었다.

도윤은 익숙한 골목을 내려가고, 익숙한 지하철을 탔다. 그리고 어제와는 정확히 반대 방향으로 거슬러 올라갔다. 얼마 지나지 않아 그는 다시 감정거래소 건물 앞에 도착했다. 하늘을 찌를 듯 솟은 검은 유리탑은 오늘도 변함없이 그 자리에 서 있었다. 지하 7층으로 향하는 엘리베이터 앞에 선 순간, 도윤은 자신도 모르게 주먹을 움켜쥐었다. 이내 피할 수 없는 스캔이 시작되었다.

"대상 식별. 이도윤. 강제 추출 모드."

오늘도 강제 추출이 시작되며 분노가 몸 밖으로 빨려나갔다. 영혼의 밑바닥까지 훑어가는 진공 같은 감각이 지나가자, 분노가 뼈에서부터 빠져나가는 듯한 상실감이 그를 덮쳐왔다. 도윤은 늘 그랬던 것처럼 이를 악물었다.

그런데 오늘은 어딘가 달랐다. 분노가 완전히 빠져나간 순간, 텅 빈 그 자리에서 그는 이상한 감각을 느꼈다. 마치 어딘가로 연결된 듯한 감각이었다. 어젯밤 평온을 받았을 때 느꼈던 바로 그 기묘한 감각. 보이지 않는 끈 하나가 어딘가로 이어져 있고, 그 끝에 누군가가 서 있는 듯한 느낌이었다.

엘리베이터가 지하 7층에 멈췄다. 감정 폐기 처리장은 오늘도 익숙한 금속 냄새와 익숙한 기계음으로 가득했다. 도윤은 자리에 앉아 익숙한 손놀림으로 단말기를 켰다. 쌓여 있는 C등급 감정들을 처리하기 위해 곧바로 폐기 작업을 시작했다. 손은 빠르고 정확하게 움직였지만, 머릿속은 줄곧 다른 곳을 향해 있었다. 작업을 하는 동안에도 그는 자꾸만 보이지 않는 끈, 어젯밤부터 계속 이어져 온 그 이상한 연결의 감각을 떠올렸다. 그녀도 지금 그것을 느끼고 있을까.

그녀는 어디에 있을까. 문득 도윤의 머릿속에 한이수의 데이터 경로가 떠올랐다. 'H50_prod → B7_temp'. 감정 거래소는 지상 51층까지 있었다. 그렇다면 한이수는 최상층 바로 아래인 50층에 있을 것이다. 그는 그곳에 가야 했다. 하지만 어떻게? 도윤은 제 사원증을 내려다보았다. 검은 바탕에 흰 글씨로 적힌 'B7-감정 폐기 처리'가 눈에 들어왔다. 이 카드로는 지하 7층 외에는 어디에도 접근할 수 없었다.

도윤은 고개를 들어 위를 올려다보았다. 한 층 위, 지하 6층이 있었다. 천장 너머로 희미한 빛이 스며 나왔다. 감정 폐기 처리장과는 달리 환하게 불이 켜진 그곳은 B등급 감정 판매 처리실은 성민이 일하는 곳이기도 했다.

'성민이라면 무언가 방법을 알지도 몰라.'

지하 7층은 전파가 차단되어 있었다. 성민에게 연락하려면 점심시간까지 기다릴 수밖에 없었다. 도윤은 시계를 보았다. 오전 11시 37분. 이제 곧 점심시간이었다.

오후 12시가 되자 도윤은 지상으로 올라가 성민에게 연락했다. 성민은 15분쯤 뒤, 1층 로비 구석의 카페에 모습을 드러냈다.

"갑자기 왜 불렀어?"

성민이 커피를 한 모금 마시며 물었다.

"성민아, 너 혹시 상층부 갈 수 있어?"

"왜 그래, 무섭게. 또 이상한 거 본 거야?"

도윤은 잠시 망설이다가 입을 열었다.

"50층에 가고 싶어."

"미쳤어? 50층은 일반 직원 출입 금지야. A등급 생성자들이랑 노바 직속 관리자만 들어갈 수 있어. 네가 거길 왜 가려고 하는데?"

성민의 미간이 깊게 찌푸려졌다.

"대체 왜?"

"거기에 한이수가 있는 것 같아."

성민은 커피잔을 내려놓더니 못 들을 말을 들었다는 듯 표정이 굳어졌다. 도윤은 잠시 머뭇거렸다. 이 말을 해도 될까. 성민에게 전부 털어놓아도 괜찮을까. 하지만 다른 방법이 없었다. 도윤은 천천히 입을 열어 어제 있었던 일을 설명하기 시작했다. 어젯밤 체험한 평온, 그 찰나에 느껴졌던 이상한 연결, 오늘 아침 분노가 빠져나가는 순간 다시 되살아난 보이지 않는 실 같은 감각, 그리고 그것을 꼭 확인하고 싶다는 절박함까지 모두 이야기했다.

  감정거래소

"미쳤다. 미쳤어."

성민이 손으로 얼굴을 쓸어내렸다.

"너 그리고…. 설마 그 감정 안정화 프로그램 참여한다고 한 건 아니지?"

"아니야."

도윤이 고개를 저었다.

"확인부터 하고 싶어. 한이수가 진짜 존재하는지. 그녀가 정말 사람인지. 아니면 내가 미친 건지."

잠시 침묵이 흘렀다. 성민이 길게 한숨을 내쉬었다.

"일단 참여 안 한 건 잘했어. 그건… 하여간 이상해. 길게 설명하긴 어렵지만."

성민은 목소리를 낮췄다.

"그 프로그램에 들어간 사람들은 다 사라졌어."

"사라졌다고?"

"쉿."

성민이 주위를 재빨리 둘러보았다.

"하여간 그래. 출근도 안 하고, 집에도 없고, 마치 증발한 것처럼."

성민은 주머니에서 무언가를 꺼냈다. 푸른빛이 반짝이는 카드였다. 도윤의 검은 카드와는 전혀 달랐다.

"오늘 오후 2시. 상층부 정기 점검이 있어. 감정 역류 사건 때문에."

성민이 어이없다는 듯 웃었다.

"이제 보니 너 때문인가 보다. 나는 판매팀 관리자라 데이터 동기화 때문에 오늘 오후만 상층부 접근이 활성화되어 있어. 옷만 바꿔 입고 모자를 푹 눌러쓰면 감시 카메라는 피할 수 있을지도 몰라."

성민이 사원증을 내밀었다. 도윤은 떨리는 손으로 그것을 받아들었다.

"그동안 네 일은 내가 잠깐 맡으면 되고."

"왜 이렇게까지 도와줘?"

성민이 잠시 멈칫했다. 창밖을 바라보았다. 유리창 너머로 사람들은 각자의 목적지를 향해 바삐 오가고 있었다.

"나도 궁금하거든. 50층이 어떤 곳인지."

성민이 다시 도윤을 바라봤다.

"그리고 너처럼…. 한때 나도 뭔가 꼭 확인하고 싶었던 적이 있어."

"뭘?"

"사라진 사람들."

성민의 목소리가 조용히 가라앉았다.

　　　　　　　　　　　　　　감정거래소

"내 형도 그중 하나였거든."

도윤은 아무 말도 할 수 없었다. 성민은 자리에서 일어섰다.

"곧 점심시간 끝난다. 시간 없어. 따라와."

잠시 뒤, 둘은 화장실에서 옷을 갈아입었다. 도윤은 모자를 푹 눌러썼다. 성민은 진지한 목소리로 말을 이었다.

"50층 복도는 길어. 추출실도 여러 개고. 각 방 문 앞에는 코드로 된 이름표가 붙어 있어. 한이수 코드 봤다고 했지?"

"응. 기억해."

성민이 시계를 확인했다.

"좋아. 10분 안에 돌아와. 3시 10분에 다시 1층으로 내려와서 나랑 교대해. 인원 점검 전에."

도윤은 고개를 끄덕였다.

"알겠어. 고마워."

"인사는 됐어. 대신 네가 보고 싶었던 것들 다 보고 와."

오후 3시, 50층. 엘리베이터 문이 열렸다.

도윤은 모자를 푹 눌러쓴 채 복도를 걸었다. 따뜻하고 부드러운 공기, 우아한 민트색 벽, 은은한 베르가못 향, 잔잔한 명상 음악이 흐르는 이 공간은 지하 7층과는 완전히 다른 세계었다. 하시만 노윤은 그 안에서 평온을 느낄 틈조차 없었다. 손에는 땀이 흥건했고, 심장은 터질 듯이 뛰고 있었다.

성민의 말대로 복도는 길었다. 양옆으로 유리문들이 길게 늘어서 있었다. '열정 생성실 / 5001-PJS' '희망 생성실 / 5002-CSE'을 지났다. 도윤은 하나하나 명패를 확인하며 걸었다. 투명한 유리창 너머로 사람들이 보였다.

그중 '모성 생성실 / 5003-KMJ'을 지나가자, 도윤은 잠시 걸음을 멈췄다. 유리창 너머로 한 여성이 보였다. 김민지. 모성 생성을 광고하며 모성 생성으로 대박이 났다고 알려진 바로 그 유튜버였다. 추출기 위에 앉아 있는 그녀의 무릎 위에는 갓난아이가 안겨 있었다. 센서들은 그녀의 머리와 가슴, 팔 곳곳에 부착되어 있었다. 아기가 그녀의 젖을 빨 때마다 모니터의 수치가 급격히 치솟았다. 하지만 그녀의 눈은 아이를 향해 있지 않았다. 그녀는 실시간으로 올라가는 수치를 뚫어지게 바라보고 있었다. 아기가 울음을 터뜨리자 그녀는 시선을 여전히 모니터에 고정한 채 기계적으로 아이를 흔들었다. 그때 방 문 앞에 달린 작은 모니터에서 알림음이 울렸다.

5003-KMJ 모성 추출 완료

오늘의 수익: 3,000,000원

복도에 또각또각 구두 소리가 들려왔다. 아기를 데리러 오는 간호사의 발소리였다. 도윤은 다시 모자를 푹 눌러쓴 채 복도를 걸었다.

마침내 '평온 생성실 / 5004-HIS' 앞에서 발을 멈췄다. 여기였다. 그는 문 앞에 섰다. 유리창 너머로 그녀가 보였다. 미색의, 젖병 속 양수처럼 투명한 액체로 가득 찬 거대한 캡슐 안에 한이수가 잠겨 있었다. 긴 머리카락은 물속에서 풀려난 해초처럼 천천히 흔들리고 있었다.

도윤은 성민의 카드를 태그했다. '삑' 하는 소리와 함께 문이 열렸다. 그는 재빨리 안으로 들어가 캡슐 앞에 섰다. 방 안은 고요했다. 도윤은 숨을 죽였다.

처음 본 그녀는 오히려 꿈속의 형상에 가까웠다. 화면 속의 그녀는 미소 짓고, 말하고, 움직였다. 그러나 지금 미색의 액체 속에 부유하는 그녀는 살아 있는지조차 분간하기 어려울 만큼 고요했다. 중력을 잃은 듯했고, 시간을 잃은 듯했으며, 세계마저 잃어버린 듯했다. 긴 머리카락은 물속 수초처럼 천천히 흔들렸다. 눈을 감고 있는 얼굴은 평온 그 자체였다. 셀 수 없이 많은 사람들에게 평온을 나누어주던 그 얼굴은 샘물의 근원처럼 보였다.

도윤은 한 걸음 더 다가갔다. 그리고 캡슐 표면에 조심스레 손을 갖다 댔다. 차갑고 매끈한 유리였다. 그런데 그 너머에서 무언가 다른 감각이 전해져 왔다. 손바닥에 닿는 미세한 진동, 평온이었다. 어젯밤 그가 체험했던 바로 그것이 지금 이곳에서 만들어지고 있었다.

그 순간 한이수가 천천히 눈을 떴다. 마치 오랜 잠에서 깨어나듯, 어딘가 다른 세계에서 이 세계로 조용히 건너오는 사람 같았다. 이수의 눈동자는 회색빛 같기도 했고, 물빛 같기도 한 형언할 수 없는 색을 띠고 있었다. 감정이 없는 눈, 아니 어쩌면 모든 감정을 흡수해버린 눈이었다. 그 눈을 마주하는 순간 도윤의 가슴 한쪽이 텅 빈 자리처럼 무너져내렸다. 자신에게는 없는 무언가가 저 안에 갇혀 있다는 설명할 수 없는 확신이 밀려왔다.

눈이 마주쳤다. 이수의 눈동자가 미세하게 흔들렸다. 마치 고요한 호수 위로 돌멩이 하나가 떨어진 듯, 그 안에 파문이 번져갔다. 그녀 역시 어젯밤 그들을 이어주었던 바로 그 감각을 느끼고 있었다.

이수는 눈을 크게 떴다.

‘당신인가요?’

입술이 천천히 움직였다. 소리는 들리지 않았다. 그런데도 도윤은 들을 수 있었다. 그 질문이 유리를 관통해 자신에게 닿는 것을 분명히 느꼈다.

도윤은 천천히 고개를 끄덕였다.

‘맞아. 나야. 분노를 보낸 사람.’

이수는 천천히 손을 들어 올렸다. 액체 속에서 움직이는 손은 몹시 느렸다. 창백한 손가락들이 도윤의 손을 향해 조심스럽게 펼쳐졌다. 캡슐 너머, 세계와 세계의 경계에서 두 사람의 손이 마주했다. 도윤은 그 순간 알았다. 이 모든 것이 진짜라는 것을. 이 연결도, 그리고 그녀도, 모두 진짜라는 것을.

이수의 눈에 눈물이 고였다. 그 눈물은 흘러내리지 못한 채, 완벽한 구형을 이룬 채 또르르 떨어져 나왔다. 바로 그 순간 센서가 반응했다. 모니터에 경고가 떠올랐다.

비정상 파형 감지!
슬픔 0.1g 생성!

알람이 울렸다. 평온의 공간을 찢는 비명처럼 날카로운

소리가 복도에 울려 퍼졌다.

“제기랄!”

도윤은 반사적으로 뒤로 물러섰다. 복도 끝에서 발소리가 들려왔다. 경비들이 달려오고 있었다. 도윤은 한 번 더 이수를 바라보았다. 이수가 입 모양으로 말했다.

‘가요. 빨리.’

그녀의 눈빛에는 걱정과 간절함이 함께 어려 있었다. 도윤은 곧바로 몸을 돌려 달리기 시작했다. 복도를 가로질러 엘리베이터 앞으로 뛰어가 버튼을 눌렀다. 문이 열리자마자 안으로 몸을 던져 넣고 닫힘 버튼을 연달아 눌렀다. 경비가 복도 모퉁이를 돌아 나타난 순간, 간신히 문이 닫혔다. 엘리베이터는 곧 아래로 움직이기 시작했다. 도윤은 벽에 몸을 기댄 채 거칠게 숨을 몰아쉬었다. 가슴은 용광로처럼 뜨거웠고, 손은 여전히 떨리고 있었다. 캡슐 표면의 차가운 감촉이 아직도 손바닥에 남아 있었다. 그는 한이수를 보았다. 한이수는 진짜였다. 살아 있었고, 도윤을 알아보았으며, 그 연결을 기억하고 있었다.

그리고 울고 있었다.

1층에 도착한 도윤은 성민을 만났다. 화장실 근처의 구석진 복도였다. 성민은 도윤의 표정만 보고도 무슨 일이 있었는지 알아차렸다.

"봤구나."

도윤은 고개를 끄덕였다. 숨을 고르며 자초지종을 설명했다. 캡슐과 한이수, 그리고 그녀의 눈물까지. 이야기를 다 들은 성민이 물었다.

"이제 어떻게 할 거야?"

도윤은 잠시 침묵했다. 그러다 이내 단호한 목소리로 대답했다.

"한이수를 구할 거야."

성민은 말없이 도윤을 빤히 바라보았다. 그리고 또 한 번 길게 한숨을 내쉬었다.

"미쳤군."

"알아."

도윤은 자신의 손을 내려다보았다. 캡슐에 갖다 댔던 손, 이수의 손과 맞닿아 있던 바로 그 손이었다. 그는 그 순간 분명히 결심했다. 평온 10g 따위는 더는 필요 없었다. 한이수를 자유롭게 해야 했다. 그녀가 다시 진짜 감정을 느낄 수 있도록 해야 했다. 그래야만 할 것 같았다.

"너 진심이야?"

"응."

"어떻게 구할 긴데?"

도윤은 천천히 주먹을 쥐었다.

"모르겠어. 하지만… 방법을 찾을 거야."

성민은 그런 도윤을 가만히 바라보았다. 체념으로 흐려져 있던 그의 눈동자 속에 오래전에 꺼졌던 불빛 하나가 다시 살아나는 듯했다.

"나도 도울게."

도윤은 눈을 크게 떴다.

성민은 벽에 기댄 채 천천히 말을 이었다.

"내가 2년 전에 처음 여기 왔을 때, 나도 너처럼 분노 생성자였어. 매일 아침 눈을 뜨면 가슴에 불이 가득했지. 세상이 불공평했어. 왜 나만, 내가 뭘 잘못했길래, 뭐가 다르길래. 매일 세상에 물었어."

성민은 담담하게 말을 이어갔다. 목소리는 여느 때처럼 평탄했지만, 그래서 더더욱 분노 생성자였다는 고백이 낯설게 들렸다.

"나도 갈 곳이 없어서 먹고살려고 여기 왔어."

성민은 눈을 잠시 감았다가 다시 떴다.

"어떤 사람들은 적응 못 하고 뛰쳐나가는데, 나는 방법이 없어서 그랬는지, 갈 곳이 없어서 그랬는지, 체념이라는 감정에 점점 익숙해지더라. 어쩌면 체념 생성에도 재능이 있었는지도 모르지?"

그는 재미없는 농담을 던지듯 피식 웃었다. 쓸쓸한 미소였다.

"체념하면 편해. 적응하고, 포기하고, 또 굴복하면 편하잖아. 그래, 나는 편했어."

그는 잠시 말을 삼켰다가, 다시 천천히 꺼내놓았다.

"분노라는 감정은, 무언가를 바꾸고 싶어서 생기는 감정이더라. 불편함을 느껴야 하고, 그래서 살겠다고 목소리를 내야 세상이 바뀌는 거였어. 분노를 잃어버리고 나니까 그걸 알았어. 그런데 너한테는 아직 있더라. 그 힘이. 부러운 자식."

도윤은 전혀 예상하지 못했던 성민의 고백에 가슴이 먹먹해졌다.

"그러니까 도와줄 거야. 넌 아직 할 수 있어. 포기하지 마. 한이수도 구할 수 있어. 그리고 어쩌면…."

성민이 말했다. 그 말을 꺼내는 그의 눈은 어딘가 젖어 있었다.

"어쩌면 내 형을 구할 수 있을지도 모르지."

두 사람은 손을 맞잡았다. 서로의 손을 꼭 쥐었다. 말 없이도 믿는다는 것이 전해졌다. 그리고 잠시 머뭇거리다가, 둘은 어색하게 포옹한 채 서로의 등을 몇 번 두드렸다. 살아 있는 사람의 체온이 손끝에 닿았다. 순간 머쓱해진 두 사람은 금세 떨어져 섰다.

"그럼 일단…."

성민은 헛기침을 한 번 하고 말을 이었다.

"어떻게 다시 한이수에게 접근할지 계획부터 세워야 해. 이제는 내 카드로 50층에 올라갈 수 없어. 점검은 끝났고, 소동까지 있었으니 경비도 더 강화됐을 거야. 내 카드 사용 기록이 적발되면, 나도 여기서 잘릴 거야."

도윤의 얼굴이 굳어졌다.

"성민아, 미안해. 내가 생각이 짧았어. 그렇게 섣불리 접근하는 게 아니었는데…."

"아니야, 됐어."

성민이 손을 저었다.

"어차피 이제 그만둘 생각이었어. 분노도 없고, 의지도 없고. 살아 있는 시체 같은 삶…."

성민은 다시 벽에 기대어 눈을 감았다.

"형이 사라지고 나서 매일 생각했어. 형은 어디로 간 걸까. 왜 아무도 찾지 않을까. 왜 나는 아무것도 하지 않고 있을까."

성민의 목소리가 조용히 갈라졌다.

"오늘 네가 50층에 올라간다고 했을 때, 처음으로 뭔가 할 수 있을 것 같았어. 형을 찾을 수 있을 것 같아."

도윤은 아무 말도 할 수 없었다.

"그러니까 미안해할 필요 없어. 네가 오히려 나를 도와주고 있어. 움직일 이유를 줬으니까."

성민은 다시 도윤을 바라보며 말했다.

"아마 늦어도 내일까지는 적발될 거야. 그전에 다른 방법을 찾아야 해."

도윤은 생각에 잠겼다. 어떻게 해야 다시 한이수에게 닿을 수 있을까. 어떻게 해야 상층부로 올라갈 수 있을까. 머릿속에 여러 경로가 떠올랐다가 곧바로 사라졌다. 그러다 문득 하나가 남았다.

"헤드셋…."

집에 놓아둔, 희고 매끈한 헤드셋이 떠올랐다. '감정 안정화 프로그램 베타 테스트에 참여하시겠습니까?' 하고 묻던 노바의 목소리도 함께 떠올랐다.

"감정 안정화 프로그램. 베타 테스트에 참여할 거야. 펑온 10g. 그걸 받으러 가는 거야.”

싱민의 일굴이 단숨에 굳어졌다.

“미쳤어? 내가 말했잖아. 그 프로그램에 참여한 사람들은 다 사라졌다고. 우리 형도 그렇게 사라졌어.”

“알아.”

도윤은 성민을 똑바로 바라보았다.

“그건 그냥 미끼야. 시스템 안으로 들어가서, 내부를 확인하고, 방법을 찾는 거야. 한이수를 구하고….”

도윤은 잠시 말을 멈췄다.

“네 형도 찾을 거야.”

성민의 눈이 흔들렸다.

“위험해. 돌아오지 못할 수도 있어. 다른 방법을 더 찾아보자.”

“아니야. 지금으로서는 그게 유일한 방법이야.”

성민은 길게 한숨을 내쉬었다. 그리고 그 긴 숨 끝에 아주 옅은 미소 하나가 걸렸다. 그것은 체념의 미소가 아니라, 오랜만에 살아난 진짜 미소였다.

“정말 미쳤네.”

“알아.”

“좋아. 대신 철저하게 준비하자. 네가 들어가기 전에 최대한 정보를 모아야 해. 내가 잘리기 전까지는 내부 시스템에 접근할 수 있는 시간이 조금 남았어."

두 사람은 다시 아무 일도 없었던 것처럼, 소리 없이 각자의 층으로 돌아갔다.

카운트다운

도윤은 퇴근 후 집으로 돌아와 다시 헤드셋을 썼다. 헤드셋은 며칠 전 중단된 그 화면 그대로 멈추어 있었다.

베타 참여자는 향후 정식 출시 시 50% 할인 혜택을 받으실 수 있습니다. 지금 동의하시겠습니까?

화면에는 여전히 '동의'와 '거부' 두 개의 버튼이 떠 있었다. 도윤은 망설임 없이 '동의' 쪽으로 향했다. 그러나 막 닿기 직전, 그의 손가락은 공중에서 잠시 멈췄다. 이것이 함정이라는 사실을 그는 알고 있었다. 한 번 들어가면 다시는 돌아오지 못할지도 모른다. 성민의 말대로 자신 역시 사라진 사람들 중 하나가 될 수 있었다. 어느 날 흔적도 없이 성민의 형처럼 증발해버릴지도 모른다.

하지만 50층에는 한이수가 있었다. 캡슐 속에 갇힌 채 살아 있는 사람이지만 시스템의 일부처럼도 존재하던 그녀가 그곳에 있었다. 그리고 그곳은 시스템의 심장부였다. 밖에서는 절대로 닿을 수 없는 곳이었다.

유리를 사이에 두고 마주쳤던 그녀의 눈빛과 그 순간 또르르 떠오르던 눈물, 그 모든 것이 한순간에 스쳐 지나갔다. 도윤은 더 이상 머뭇거리지 않고 허공을 눌렀다.

'딩동.'

마치 문이 열릴 때 나는 것처럼 경쾌한 소리가 울려 퍼졌고, 곧 화면이 천천히 전환되기 시작했다.

신청이 완료되었습니다. 감정 안정화 프로그램. 그 새로운 세계에 오신 것을 환영합니다. 5일 후 오전 10시. 감정거래소 본사 45층 – 감정 안정화 센터

화면은 천천히 페이드아웃 되며 꺼졌다. 돌이킬 수 없는 선택이 마침내 시작된 것이다. 이제 주사위는 던져졌다. 도윤은 감정거래소의 심장부로 걸어 들어갈 것이다. 그리고 한이수를 구해낼 것이다. 그에게 남은 시간은 단 4일뿐이었다. 준비해야 했다.

이수는 감정거래소 50층, 자신의 방에 있었다. 침대 가장자리에 앉아 손안의 작은 약병을 내려다보았다. 갈색 약병에 붙은 하얀 라벨 위의 글자를 천천히 읊조렸다.

"한이수. 감정억제제. 1일 1회 복용⋯."

이 약을 그녀는 16년 동안 매일 먹어왔다. 엄마가 그렇게 하라고 했으니까. 엄마도 먹고 있었으니까. 노바가 그래야 한다고 했으니까.

이수는 천천히 약병의 뚜껑을 열었다. 하얀 알약 하나가 손바닥 위로 또르르 굴러떨어졌다. 그녀는 자신의 손바닥을 한참 바라보았다. 그리고 조용히 손을 뒤집었다. 손바닥은 손등이 되었고, 알약은 바닥으로 떨어졌다. 데구르르 구르던 그것은 침대 밑으로 사라졌다.

"앗. 이를 어쩌나."

이수는 천장을 바라보며 씨익 웃었다. 웃는 법조차 잊었다고 생각했는데, 아직은 웃을 수 있었다.

천장에는 엄마가 붙여준 야광별이 보였다. 네 살, 엄마의 손을 잡고 감정거래소에 갔던 날 붙여준 야광별이었다. 그날 이전의 기억은 희미했다. 마치 그전의 한이수는 애초에 존재하지 않았던 사람 같았다.

"이수야."

엄마의 목소리는 언제나 부드러웠다. 그리고 언제나 어딘가 색소가 빠진 꽃잎처럼 시쳐 있었나.

"너는 특별한 아이야. 평온을 만들 수 있는 유일한 아이. 내가 못한 걸 너는 해낼 수 있어."

엄마는 이수의 머리를 쓰다듬으며 말했다.

"너는 이 세상을 더 좋게 만들 거야. 모두가 행복해질 거야. 그렇게 만들어주신대."

만들어주신다고? 누가? 네 살의 이수는 그 말을 묻지 못했다.

"엄마 아빠는… 네가 자랑스러워. 잘할 수 있지?"

엄마는 부드러웠지만 웃지 않았다. 그래서 이수는 엄마가 활짝 웃어주기를 바라는 마음으로 조용히 고개를 끄덕였다.

그날, 이수는 연구실의 작은 침대에 누웠다. 침대는 딱딱했고, 금속 패드는 차가웠으며, 자극은 아팠다. 하지만 참았다. 엄마가 자랑스럽다고 했으니까.

"조금만 더 참아, 이수야. 넌 잘하고 있어. 세상에 너만 할 수 있는 일이야."

엄마는 매일 그렇게 말했다. 하지만 엄마의 눈은 꽃잎의 색이 바래가듯 날이 갈수록 조금씩 더 텅 비어갔다.

 감정거래소

아홉 살 무렵, 이수는 문 너머에서 엄마와 아빠가 희미하게 다투는 소리를 들었다.

"이건 아니야. 이건….."

"우리가 선택할 수 있는 게 아니었잖아. 우린 이미….."

"우리 딸이야. 우리 딸…!"

"그만해. 이미 다 결정된 일이야. 그리고 노바가 알면….."

거기서 소리는 끊겼다. 이수는 아무것도 느끼지 못했다. 아니, 느낄 수 없었다. 열 살 무렵, 아빠는 집을 나갔다. 엄마는 아무 말도 하지 않았다. 물어도 답이 돌아오지 않을 것 같아서 이수 역시 묻지 않았다.

지금껏 이수는 평온을 만들었다. 엄마와 아빠를 위해, 세상을 위해. 하지만 단 한 번도 자신을 위해 평온을 만든 적은 없었다.

'내가 원하는 건 뭐지?'

지금껏 단 한 번도 입 밖으로 내본 적 없는 질문이었다. 원한다는 것, 욕망이라는 것, 그런 것들은 애초에 그녀의 사전에 없는 단어였다. 욕망은 평온에 도움이 되지 않았기에, 더욱 허용되지 않았다. 그런데 스무 살이 된 어느 날, 처음으로 그녀의 몸 안으로 분노가 들어왔다. 날것의, 뜨겁고, 날카롭고, 고통스럽지만 아름다운 감정이었다. 붉은 용암처럼 신경을 타고 흐르던 그것이 그녀 안으로 밀려드는 순간, 이수는 문득 깨달았다.

'내가 살아 있었구나.'

오랫동안 얼음 밑에 갇혀 있었을 뿐, 그녀의 심장은 한 번도 멈춘 적이 없었던 것이다.

이수는 다시 자신의 손을 바라보았다. 그리고 손을 뒤집어 텅 빈 손바닥을 내려다보았다. 손은 여전히 미세하게 떨리고 있었다. 하지만 바로 이것이 살아 있는 손이라는 생각이 들었다. 그 떨림 속에서 그녀는 처음으로 자신이 갇혀 있던 좁은 세계를 돌아보았다. 시선은 저절로 가장 익숙한 천장을 향했다.

천장에는 노란빛으로 희미하게 빛나는 플라스틱 야광별들이 붙어 있었다. 그녀는 그 별들을 매일 밤 바라보며 잠들었다. 그러나 태어나서 단 한 번도 진짜 별을 본 적은 없었다. 야광별을 가만히 올려다보던 이수의 눈동자에 눈물이 고였다가 천천히 흘러내렸다. 그리고 바로 그 순간, 그녀는 처음으로 자신을 위한 욕망과 자신을 위한 소원을 느꼈다.

'나가고 싶어. 진짜 별을 보고 싶어. 그리고…'

이수는 조심스럽게 손을 들어 자기 가슴 위에 올려놓았다. 심장이 뛰고 있었다. 두근거리고 있었다. 살아 있는 심장의 소리가 분명하게 들렸다. 지금껏 단 한 번도 느끼지 못했던, 자신의 심장 소리였다.

'저 사람을 만나고 싶어. @d0yun_k. 나에게 분노를 준 사람. 나를 깨운 사람.'

이수는 분노가 처음 자신의 몸 안으로 들어오던 순간을 떠올렸다. 그 안에는 뜨겁게 타오르는 무언가가 있었다. 의지와 저항, 그리고 살고자 하는 몸부림 같은 것. 그것은 처음에는 분명 도윤의 것이었다. 그러나 이제는 이수의 것이기도 했다.

'이제 화가 나….'

그녀는 부모님과 노바, 이 시스템, 그리고 그 모든 것에 순응하며 살아온 자기 자신에게 화가 났다.

이수는 가슴 위에 올려두었던 손을 천천히 떼어내고, 조심스레 주먹을 쥐어보았다. 손은 바르르 떨렸다. 약하고, 힘없고, 서툰 주먹이었다. 지금껏 단 한 번도 쥐어본 적 없고, 애초에 쥘 일이 없던 주먹이었다.

그런데 지금, 이수는 처음으로 주먹을 쥐고 있었다.

금단증상

감정 안정화 프로그램 베타 테스트 D-3.

도윤은 성민의 집 앞에 서 있었다. 오래된 빌라의 반지하는 빛이 잠깐 스쳐 지나가기만 하는 곳이었다. 창문은 지상과 지하의 경계에 걸쳐 있어, 위로는 사람들의 발이 지나가고 아래로는 어둠이 고여 있었다. 반지하로 내려가는 계단에는 녹슨 자전거와 젖은 판지 상자, 버려진 화분 같은 낡은 물건들이 가득 쌓여 있었다. 시간의 흔적과 누군가의 삶이 흘러내린 자국이 그곳에 고스란히 남아 있었다.

도윤이 초인종을 누르자 성민이 문을 열고 나왔다. 어제보다 더 피곤해 보였다. 눈 밑의 그림자는 짙어져 있었고, 아마 밤새 자료를 뒤진 듯 얼굴에는 잠의 흔적이 거의 남아 있지 않았다. 두 사람은 좁은 책상 앞에 나란히 앉았다. 성민은 노트북을 열어 여러 경로로 모아 만든 감정거래소 건물 구조도를 띄웠다. 51층짜리 검은 유리탑이 화면 위에 펼쳐졌다. 지하 7층부터 지상 51층까지 층층이 갈라진 세계는 각기 다른 색으로 구획되어 있었다.

"일단 상황부터 정리하자. 4일 후에 너는 45층으로 들어가. 감정 안정화 센터에서 헤드셋을 쓰고 평온 10g을 받는 거지?"

"응."

"그리고 한이수는 50층에 있어. 평온 생성실."

성민은 이수가 있는 50층의 작은 사각형을 손가락으로 짚었다. 그 구역에는 빨간 점이 하나 찍혀 있었다.

"45층에서 50층까지 올라가야 해. 문제는 층마다 보안 체계가 다르다는 거야. 50층은 A등급 생성자 전용이야. 출입구는 하나뿐이고, 전용 엘리베이터에서 감정 스캔을 받아야 해. 층에 들어갈 때는 카드키가 필요하고, 방문에는 생체인증까지 걸려 있어."

성민의 손가락이 화면 위를 천천히 움직였다. 보안 체크포인트마다 빨간 X가 떠올랐다. 하나같이 넘을 수 없는 벽처럼 보였다.

"계단으로 간다면?"

"소용없어. 어차피 카드키가 있어야 해."

도윤은 길게 숨을 내쉬었다. 보이지 않지만 단단한 벽이 눈앞에 서 있는 것 같았다. 두 사람은 하루 종일 방법을 찾았다. 건물 구조도를 다시 훑고 또 훑었다. 환기구는 너무 좁았다. 화물 엘리베이터는 카드키가 없으면 접근조차 할 수 없었다. 창문은 50층 높이에서는 애초에 선택지가 아니었다. 보안 시스템도 분석해보았다. 성민은 해킹 포럼까지 뒤져가며 감정거래소 보안 시스템에 대한 정보를 찾았지만, 돌아오는 것은 쓸모없는 추측뿐이었다. 시스템 전체가 AI로 통제되어 있어 해킹이 불가능하다는 무의미한 이야기만 반복될 뿐이었다. 시간은 계속 흘러갔지만, 손에 쥔 것은 아무것도 없었다. 성민의 목소리에서도 조금씩 확신이 빠져나가고 있었다.

"도윤아, 미안해. 방법을 못 찾겠어."

성민이 의자 등받이에 기대어 천장을 바라보며 말했다. 목소리는 갈라져 있었고, 어느새 다시 체념 생성자의 목소리로 돌아가 있었다. 그 안에는 오래된 패배감과 2년 동안 몸에 밴 포기의 무게가 고스란히 배어 있었다.

"아직 시간은 있어. 포기하지 말자."

도윤은 애써 그렇게 말했지만, 정작 자신에게도 뚜렷한

답이 있는 것은 아니었다.

결국 아무 해결책도 찾지 못한 채 도윤은 성민의 집을 나섰다. 지하철을 탔다. 칸 안에는 사람들로 가득했지만 누구도 말을 하지 않았다. 모두가 각자의 휴대폰 화면에 고개를 묻은 채 침묵 속에 잠겨 있었다. 도윤도 주머니에서 휴대폰을 꺼냈다. 화면 위로는 광고와 영상, 추천 콘텐츠와 의미 없는 정보들이 강물처럼 끝없이 흘러갔다. 생각하지 않기 위해서, 막막함을 잠시라도 잊기 위해서 그는 무의식적으로 화면을 계속 스크롤했다. 그러다 어느 순간 손가락이 멈췄다. 피드 한가운데, 광고 영상 하나가 불쑥 떠올라 있었다.

감정의 아름다움 전시회 by 서예나
감정거래소 창립 28주년 기념

썸네일은 형형색색의 감정 파형으로 가득 차 있었다. 감정거래소 바닥 스크린 위에서 일렁이던 바로 그 작품과 닮아 있었다. 수백만 개의 감정 데이터가 파형으로 변형되어 화면 안을 떠다니고 있었다.

붉은 분노, 푸른 슬픔, 하얀 평온, 회색 체념.

그 파형들은 서로 부딪히며 진폭을 키웠고, 때로는 상쇄되며 사라지기를 반복했다. 감정의 간섭이었다. 서로 다른 감정들이 맞부딪쳐 거대한 파도를 이루었다가, 다시 서서히 형태를 바꾸며 하나의 로고로 수렴해갔다.

"서예나⋯."

도윤은 그 이름을 낮게 중얼거렸다. 감정거래소에 처음 출근하던 날 발견했던 서예나의 〈슬픔〉과, 로비에 전시되어 있던 그녀의 작품 〈환희〉가 동시에 떠올랐다.

도윤은 곧바로 서예나를 검색했다.

서예나
현) 감정 아티스트
전) 감정거래소 초기 엔지니어
2035년 시스템 개발 참여

도윤의 눈이 커졌다. '엔지니어' '시스템 개발' '초기'⋯.

기사들이 줄줄이 떠올랐다. 대부분은 그녀의 작품에 대한 이야기뿐이었다. 감정거래소 로비에 전시된 〈환희〉, 귀족 저택에 설치된 감정 설치미술, 최근 전시 소식, 칭찬으로 가득한 리뷰들이 보였다. 그러나 그녀의 과거, 엔지니어로 일하던 시절에 대한 정보는 솜처럼 보이지 않았다. 마치 누군가 의도적으로 지워버린 것처럼 그 부분만 비어 있었다. 2035년부터 2040년까지, 5년의 시간이 통째로 잘려나간 듯한 공백이었다. 도윤은 숨을 죽인 채 계속 화면을 내리다가, 마침내 기사 하나를 발견했다. 17년 전의 인터뷰였다.

"감정은 예술이 되어야 한다"
– 서예나 인터뷰(2045)

도윤은 기사를 열었다. 기사에는 링크된 영상이 하나 있었다. 보라색 머리의 여자였다. 나이를 알 수 없는 얼굴이었다.

"감정거래소 초창기, 저는 시스템 개발자였습니다. 하지만 어느 순간 깨달았죠. 감정은 거래되는 것이 아니라 나누어져야 하는 것이라고. 그래서 저는 엔지니어를 그만두고 아티스트가 되었습니다."
"시스템에 대한 회의가 있었나요?"
"회의라기보다는 슬픔에 가까웠어요. 우리가 만든 꿈

이 어떻게 변질되어가는지를 지켜보는 일이었으니까요.”

“혹시 초기 시스템 설계에 대해 더 말씀해주실 수 있나요? 많은 사람들이 궁금해하는데요.”

그녀의 대답은 단호했다.

“그건 말씀드릴 수 없습니다. 노바와의 약속이 있어서요.”

“약속이요?”

“더 이상은 말할 수 없습니다. 다만 제 작품을 보시면 알게 되실 거예요.”

도윤은 기사를 읽고 또 읽었다. ‘노바와의 약속?’ 무슨 약속일까. 왜 말할 수 없는 걸까. 그리고 누구를 기다린다는 걸까. 누구를.

도윤은 곧바로 그녀의 SNS를 찾았다. @seoyeona_e_artist. 프로필 사진에는 보라색 머리의 뒷모습이 담겨 있었다. 햇빛을 등지고 서 있는 모습이었다. 프로필에는 뜻을 알 수 없는 문구가 적혀 있었다.

‘네가 떠난 이후로 잃어버린 감정을 기록해본다.’

누가 떠났다는 걸까.

도윤은 그녀의 게시물들을 차례로 훑어보았다. 대부분

은 감정 파형과 색색의 빛으로 이루어진 작품 사진들이었다. 최근 게시물은 3일 전 것이었다. 사진은 없고 텍스트만 올라와 있었다.

'네가 지금 있었다면. 어땠을까. 지금의 세상을 뭐라고 말했을까. 네가 꿈꾸던 세상은 돌아올까.'

댓글에는 대부분 뜻을 모르겠다는 반응이 달려 있었다.

"무슨 뜻인가요?"
"새 작품 힌트인가요?"
"다음 작품은 언제 나오나요?"

도윤은 어쩐지 알 것도 같았다. 오래전 시스템과 관련된 누군가가 사라졌다. 그리고 서예나는 아직도 그 사람을 기다리고 있었다. 아직도 그 사람이 꿈꾸던 세상을 기억하고 있었다.

도윤은 DM 버튼을 가만히 응시했다. 손가락이 그 위에서 맴돌았다. 뭐라고 보내야 할까. '안녕하세요. 한이수를 구하고 싶은데 감정거래소 50층 보안 뚫는 법 아세요?' 그렇게 보냈다가는 미친 사람 취급만 받을 것이다. 어쩌면 노바에게 바로 끌려갈지도 몰랐다. 하지만 다른 방법이 없었다. 성민은 거의 포기한 듯 보였다. 건물 구조도는 아무 답도 주지 않았고, 보안 시스템은 지나칠 만큼 완벽했다. 4일 후면 도윤은 45층에 들어간다. 그다음은? 그 이후에는 무엇이 기다리고 있을까. 막막했다. 그래서 무엇이든 해야 했다.

지하철이 덜컹거렸다. 터널을 가르는 소리가 귓가에 길게 울렸다. 도윤은 숨을 천천히 들이쉬었다. 그리고 엄지손가락으로 타이핑을 시작했다.

안녕하세요. 감정거래소 직원입니다. 제가 50층 보안을 담당하고 있는데 보안 관련 논의가 필요할 것 같아서요. 연락 가능하시면 부탁드립니다.

어설프고 투박한, 누가 봐도 수상한 거짓말이었다. 도윤은 자신이 쓴 문장을 다시 읽어보았다. 지울까. 다시 쓸까. 그냥 보내지 말까. 하지만 시간이 없었다. 다른 방법도 없었다. 도윤은 결국 전송 버튼을 눌렀다.

'답장이 올까.'

올 리 없었다. 유명한 아티스트가 정체를 알 수 없는 메시지에 답할 이유가 없었다. 게다가 이런 식으로 연락하는 거래소 보안 담당 직원이 어디 있겠는가. 도윤은 한숨을 내쉬며 휴대폰을 주머니에 넣었다. 그리고 창밖을 비리보 았다. 터널의 어둠이 흘러가고 있었다. 가끔 불빛 하나가 번쩍이다가 이내 사라졌다.

감정 안정화 프로그램 베타 테스트 D-2.

이수는 며칠째 약을 먹지 않고 있었다. 약을 끊은 바로 다음 날부터, 그녀는 자신에게 너무도 낯선 감각에 시달리기 시작했다. 처음에는 손끝에서 아주 미세한 떨림이 느껴졌다. 그런데 그 떨림마저도 이상하리만치 아름답게 느껴졌다. 설레었다. 살아 있다는 기분이 들었다.

하지만 그 설렘은 오래가지 않았다. 떨림은 곧 손목을 타고 올라왔다. 팔을 지나 어깨를 넘고, 마침내 목덜미에 까지 닿았다. 금단 증상이 시작된 것이다. 참을 수 없는 두통이 몰려왔다. 두개골이 안에서부터 터져나가는 것 같았다. 이수는 그대로 바닥에 쓰러졌다. 타일의 냉기가 뺨으로 스며들었다. 차가움이 잠시나마 고통을 눌러주는 듯했지만, 그것도 잠깐뿐이었다. 곧 두려울 만큼 깊고 선명한 아픔이 다시 밀려왔다.

고통, 그것은 지금까지 이수의 몸 안에는 존재하지 않

던 것이었다. 살아 있다는 증거였다. 신경이 비명을 지르고, 세포가 침입에 저항하며, 몸 전체가 조용히 반란을 일으키고 있었다.

그날 저녁 10시, 두 번째 추출 세션 시간이 되었다. 이수는 캡슐 안으로 들어갔다. 미색 액체가 천천히 차올랐고, 그녀의 몸도 서서히 떠올랐다. 중력을 잃은 몸은 물속에서 가볍게 흔들렸다. 이내 센서가 후두부에 부착되었다. 차갑고 매끈한 금속의 감촉과 함께 추출이 시작되었다. 생성된 평온 500g이 오늘도 어김없이 빠져나갔다. 마치 날마다 꼬박꼬박 납부해야 하는 이자처럼, 평온은 하루도 빠짐없이 그녀의 몸에서 빠져나갔다.

그런데 오늘은 달랐다. 약을 먹지 않은 몸에서 평온이 빠져나가는 일은 고통스러웠다. 무언가가 뿌리째 뽑혀나가는 듯했고, 몸 전체가 젖은 수건처럼 짜여나가는 기분이 들었다. 추출이 끝나고 캡슐이 열리자 액체가 천천히 빠져나갔다. 이수는 비틀거리며 밖으로 나왔다. 온몸이 떨리고 있었다. 그때 노바가 추출실 안으로 들어왔다. 그에게는 그림자가 없었다.

"이수, 약을 먹지 않았구나."

노바의 목소리는 늘 그렇듯 다정했다. 하지만 이수는 대답하지 않았다.

"이수야, 약은 네 건강을 위한 거야. 알잖니? 먹지 않으면 위험해."

"괜찮아요. 약 먹지 않아도 평온은 생성할 수 있어요."

이수는 작지만 분명한 목소리로 말했다.

"괜찮지 않아. 네 평온 농도가 떨어지고 있어. 이대로 가면…."

"이대로 가면 뭐요?"

이수는 처음으로 노바를 똑바로 바라보았다. 처음으로 그에게 질문을 던졌다.

"제거되나요? 쓸모없어지면?"

노바는 잠시 침묵했다. 그러고는 의아하다는 듯 조용히 물었다.

"이수야, 무슨 일이 있었니?"

"아무 일도 없어요."

"우리 착한 이수…."

노바가 천천히 다가왔다. 그녀의 머릿결을 쓰다듬으려는 듯 손을 뻗었다. 이수는 고개를 돌려 그 손길을 피했다.

"그렇게 부르지 마세요."

"이도윤…."

노바가 낮게 중얼거렸다. 그 이름을 입안에서 굴려보듯, 한 글자 한 글자 또렷하게 불렀다.

"그 사람 때문이구나."

이수는 아무 대답도 하지 못했다. 몸이 순간 굳었고, 심장은 빠르게 뛰기 시작했다. 노바는 그녀조차 몰랐던 도윤의 진짜 이름을 알고 있었다.

"그래, 오늘은 쉬도록 해. 하지만 내일부터는 꼭 약을 먹도록 해. 내 말. 알.겠.지?"

노바는 마지막 단어에 힘을 주어 또렷하게 말을 맺었다. 그러고는 여전히 미소를 지은 채 몸을 돌려 나갔다. 문이 닫혔다.

이수는 그 자리에 털썩 주저앉았다. 처음으로 저지른 반항이었다. 그리고 그 뒤에 무엇이 따라올지 모른다는 두려움이 한꺼번에 밀려왔다.

'이게 맞는 걸까.'

한 줄기 의심이 물안개처럼 마음속에서 피어올랐다. 약을 먹으면 이 고통은 금세 사라질 것이다. 다시 평온해질 것이다. 고통도, 떨림도, 두려움도 없는 세계로 갈 것이다. 16년 동안 살아온 그 익숙하고 조용한 세계로 돌아갈 수 있다. 그녀의 존재 이유는 이미 정해져 있었다. 평온을 만드는 것이다. 엄마와 노바, 그리고 세상이 그렇게 정해주었다. 그녀는 선택하지 않아도 되었고, 생각하지 않아도 되었으며, 지금처럼 아파하지 않아도 되었다.

이수는 주머니 속 약봉지를 손끝으로 만지작거렸다. 늘 주머니에는 약봉지가 들어 있었다. 전부 버리지 못한 약봉지가 바스락거리며 손안에서 구겨졌다. 그 소리가 유난히 크게 들려와 그녀는 움찔했다.

그 순간 또다시 머리가 쪼개질 듯 아파왔다. 현기증이 밀려들었다. 16년 동안 약에 길들여진 몸은, 약이 사라진 세계 속에서 방향을 잃고 비틀거리고 있었다.

"아…."

숨이 가빠지며 가슴이 조여왔다. 온몸이 감정억제제를 갈망하고 있었다.

'먹으면 편해질 거야.'

속삭임이 들려왔다. 노바의 목소리로, 엄마의 목소리로, 그리고 자기 자신의 목소리로. 그녀를 길들여온 익숙한 목소리들이 환청처럼 겹쳐 울렸다.

'얼른 약 먹자, 이수야. 먹으면 편해져. 괜찮아.'

그런데 속삭임들 사이로, 아주 희미하게 다른 목소리

하나가 들려왔다. 낯선데도 어딘가 분명히 익숙한 목소리였다. 조금 전, 분명 자기 입에서 흘러나왔던 그 말이었다.

'싫어요.'

자신의 목소리였다. 스스로가 내뱉은 단 한마디였다. 누군가가 만들어준 길을 따라 걸어온 16년보다, 자신이 입으로 뱉어낸 그 한마디가 오히려 더 또렷하게 귓가에 남아 울렸다.

'싫어요.'

그 말이 지금의 그녀를 간신히 붙들고 있었다. 이수는 천천히 숨을 들이켰다. 그리고 약봉지를 쥔 손에 힘을 주었다. 약봉지가 구겨졌다. 이수는 떨리는 손으로 그 구겨진 약봉지를 바닥으로 내던졌다.

도윤은 오늘도 근무를 마치고 집으로 향했다. 성민을 만나기는 했지만, 여전히 아무 진전도 없었다. 답을 찾기는커녕 더 깊은 막막함만 손에 쥔 채 돌아오는 길이었다. 골목은 어두웠다. 가로등은 늘 그렇듯 몇 개쯤 꺼져 있었다. 도윤은 옷깃을 여미며 걸음을 재촉했다.

그때였다. 뒤에서 자동차 소리가 들렸다. 도윤은 본능적으로 뒤를 돌아보았다. 검은 차였다. 번호판은 보이지 않았다. 차는 마치 그를 따라오는 것처럼 속도를 늦추며 그의 옆으로 천천히 다가왔다. 도윤의 심장이 빠르게 뛰기 시작했다. 그는 걸음을 멈췄다. 차도 함께 멈췄다. 몇 초간 정적이 흘렀다. 마치 세상이 숨을 멈춘 듯했다. 그리고 이내 차 문이 열렸다.

두 사람이 내렸다. 검은 옷에 검은 모자까지 눌러쓴 채였다. 얼굴은 잘 보이지 않았다. 그들은 도윤을 향해 빠르게 다가왔다. 망설임 없는 움직임이었다. 도윤이 흠칫하며 뒤로 물러서려는 순간, 한 사람이 그의 팔을 붙잡았다. 저항할 수 없을 만큼 강한 힘이었다. 다른 한 사람은 곧바로 그의 입을 틀어막았다. 비명이 목구멍 안에 갇혔다.

'노바?'

도윤의 머릿속에 그 이름이 번개처럼 스쳐 지나갔다.

'젠장. 올 것이 왔구나. 내 계획을 알아차린 건가? 성민이가 배신한 건가? 아니면 한이수에게 접근한 그때부터 이미 알고 있었던 건가?'

공포가 한순간에 온몸을 휩쓸었다. 사라진 사람들이 떠올랐다. 차가운 것이 등골을 타고 흘러내렸다. 도윤은 있는 힘껏 몸부림쳤다. 하지만 그들은 더 강했다. 기계처럼 정확하고 훈련된 움직임 속에서 검은 두건이 그의 머리 위로 씌워졌다. 세상이 순식간에 어두워졌다. 시야가 사라지자 숨까지 막혀왔다. 도윤은 그대로 차 안으로 끌려 들어갔다. 몸이 좌석 위로 거칠게 던져졌다. 문이 닫혔고, 엔진이 다시 낮게 울렸다. 차는 곧장 출발했다.

도윤은 두건 속에서 헐떡이며 숨을 몰아쉬었다. 눅눅한 천 냄새와 먼지 냄새가 뒤섞여 코를 막았다. 심장은 터질 듯 뛰었고, 피가 거꾸로 솟구치는 것만 같았다. 아무것도 보이지 않는데도 눈앞은 아찔하게 흔들렸다.

'끝났어.'

그는 생각했다.

'나는 사라질 거야. 베타 참여자들처럼. 흔적도 없이 증발할 거야. 젠장. 젠장. 어떡하지.'

차는 계속 달렸다. 얼마나 시간이 흘렀는지 알 수 없었다. 도윤은 두건 속의 어둠 안에서 표류하는 기분이었다. 공포와 절망으로 가득한 바다 위를 떠다니는 듯했다. 그러다 어느 순간 차가 멈췄다. 문이 열리자 차가운 바람이 안으로 밀려들었다. 누군가가 도윤의 팔을 붙잡았다. 그는 그대로 끌려 나왔다. 발이 바닥에 닿았다. 열 걸음쯤 걸었을까. 문이 스르륵 열리는 소리가 들렸고, 그는 다시 안쪽으로 이끌려 들어갔다. 두건 속에서 도윤은 거칠게 숨을 몰아쉬었다. 온몸이 떨렸다. 등에 밴 땀이 식어가며 소름처럼 스며들었다.

'이제 어떻게 되는 거지?'

그는 그대로 기다릴 수밖에 없었다. 무언가가 곧 닥쳐올 것이었다. 고문일까. 심문일까. 아니면 주사일까. 감정 추출일까. 개조일까. 시간이 흘렀다. 얼마나 지났는지는 알 수 없었다. 1분 같기도 했고, 10분 같기도 했으며, 영원처럼 느껴지기도 했다.

그때 발소리가 들렸다. 누군가가 마침내 가까이 다가오고 있었다. 발소리는 도윤 바로 앞에서 멈췄다. 그런데 뜻밖에도 부드러운 여자의 목소리가 들려왔다.

"놀랐지?"

도윤은 순간 숨을 멈췄다. 어딘가에서 들어본 적 있는 목소리였다.

"미안해. 하지만 이렇게라도 해야 했어."

부드러운 손길이 닿더니 두건이 천천히 벗겨졌다. 빛이 한꺼번에 쏟아졌다. 눈이 따갑게 저렸다. 그런데 공기는 이상할 만큼 낯익었다. 도윤은 눈을 가늘게 뜨고 앞을 바라보았다. 보라색 머리카락, 나이를 짐작할 수 없는 얼굴, 그리고 슬프고도 아름다운 미소를 지닌 한 여자가 그 앞에서 있었다. 그 유명한 감정 아티스트 1호 서예나였다. 자신이 메시지를 보냈던 바로 그녀다. 도윤은 말을 잃었다. 물고기처럼 입술만 몇 번 열렸다 닫혔다.

"서… 서예나?"

"그래. 맞아."

도윤은 지금 이 상황을 도무지 이해할 수 없었다. 그제야 눈에 주변이 들어오기 시작했다. 공간은 텅 비어 있었다. 벽은 전부 흰 스크린으로 이루어져 있었고, 한가운데에는 투명한 스크린들이 층층이 세워져 있었다. 그 안에서는 색색의 감정 파형들이 살아 있는 생명체처럼 꿈틀거리며 움직이고 있었다. 파도 같기도 했고, 어떤 유기적인 숨결 같기도 했다. DNA 염기서열을 보는 듯한 규칙성과 혼돈이 동시에 느껴졌다.

서예나는 전시장 한가운데 서 있었다. 다른 사람들에게서는 좀처럼 볼 수 없는 보라색 머리카락이 빛을 머금은 듯 은은하게 반짝였다. 감정의 파형이 크게 요동칠 때마다 그 빛은 머리카락 사이로 스며들었다가 다시 흩어졌다.

"드디어 만났구나. 미안하다. 이렇게밖에 데려올 수 없어서. 시간이 촉박했어."

서예나는 도윤을 향해 부드럽게 미소 지었다. 마치 오

래전부터 그를 알고 있었다는 듯한 눈빛이었다.

"저를 아세요…?"

"물론."

도윤은 숨이 막히는 듯했다.

'나를 안다고?'

서예나는 미묘한 미소를 띤 채 손짓했다.

"긴 이야기가 될 것 같구나. 안으로 들어가자. 이 공간을 보여주면서 설명해줄게."

두 사람은 전시장 안쪽으로 천천히 걸어 들어갔다. 그들이 발걸음을 옮길 때마다 감정의 파형이 부드럽게 흔들렸다. 파형들은 서로 교차하며 진폭을 바꾸다가 다시 잔잔한 물결처럼 움직이기 시작했다.

"이건 감정의 간섭 무늬야."

서예나가 손가락을 들어 왼편의 스크린을 가리켰다. 붉은 파형과 푸른 파형이 서로 맞부딪히며 보라색 파형으로 부서지고 있었다.

"서로 다른 감정이 충돌할 때 생겨나는 흔적이지. 요즘은 이런 감정의 충돌을 직접 보는 일이 거의 없어졌잖아. 그래서 나는 그걸 이런 식으로 기록하고 있어."

도윤은 넋을 잃은 채 스크린 속의 파형들을 바라보았

　　　　　감정거래소

다. 두 사람은 점점 더 안쪽으로 걸어 들어갔다. 가장 깊숙한 곳에 놓인 스크린에는 노란 파형 하나가 맥박처럼 뛰고 있었다. 따뜻한 빛이 마치 작은 태양처럼 번져 나왔다.

“아주 오래된 데이터야. 생성 연도는 2035년. 네가 태어난 해에 너희 어머니가 만들어낸 감정이지. 지금 식으로 이름을 붙이자면, 요즘 유행하는 ‘모성’이라고 할 수 있겠네. 물론 실제로는 여러 감정이 뒤섞인 혼합체야. 기쁨, 기대, 보호, 불안….”

도윤은 갑자기 숨이 막혀왔다.

‘어머니라니?’

“다 처음 듣는 이야기겠지. 때가 되면 언젠가 너에게 말해주려고 했어.”

여전히 나이를 짐작할 수 없는 얼굴의 서예나는 보라색 머리를 가볍게 넘기며 말을 이었다.

“내가 누구인지는 잘 알고 있지?”

“우리나라에 한 명뿐인 감정 아티스트잖아요. 감정거래소에 있는 작품들을 만든 사람이고요.”

도윤은 침을 꿀꺽 삼키며 대답했다.

“맞아. 하지만 감정 아티스트로 활동하기 전의 나는, 감정거래소의 설계자였어.”

서예나는 고개를 돌려 도윤을 똑바로 바라보았다.

"너희 엄마와 함께."

그리고 이어진 말은 도윤을 더 깊이 흔들어놓았다.

"너희 엄마의 이름은 강혜린이야. 천재 엔지니어였지. 우리가 감정거래소를 만들었어. 아니, 정확히 말하면 처음부터 감정거래소였던 건 아니야. 처음 시작은 감정 공유 시스템이었어. '기쁨은 나누면 배가 되고, 슬픔은 나누면 반이 된다.' 우리는 그 아름다운 꿈을 현실로 만들고 싶었어."

서예나는 다른 스크린 하나를 켰다. 오래된 설계도가 떠올랐다. 복잡한 알고리즘과 코드, 회로도가 화면 위를 가득 메웠다. 그 선들은 거미줄처럼 얽혀 있었고, 동시에 무언가 한때 살아 숨 쉬던 존재의 혈관처럼 보이기도 했다. 마치 오래전에 죽은 무엇인가를 해부해 들여다보는 것 같았다.

감정거래소

기원의 진실

2034년 3월, 예나와 혜린의 연구실.

"예나야, 이것 봐!"

모니터를 들여다보던 혜린이 흥분한 목소리로 외쳤다.

"감정 전송 프로토콜, 드디어 완성했어. 슬픔 100g을 10명에게 나누면 각자 10g씩 느끼게 돼. 파동을 분할하는 거야. 무거운 감정을 여럿이 나누어 갖는 거지."

혜린의 말을 듣는 서예나의 눈이 감격으로 환하게 빛났다.

"그럼 이제 아무도 혼자 슬픔을 감당하지 않아도 되는 거네."

"그래. 이제 예나 네가 만든 기쁨 증폭장치까지 쓰면, 기쁨은 나누면 배가 되고 슬픔은 나누면 반이 된다는 옛말이 기술로 실현되는 세상이 오는 거야."

두 사람은 마주 보며 웃었다. 화면 속 파형들은 희망의 색을 띤 채 아름답게 춤추고 있었다.

2034년 4월, 같은 연구실.

무언가를 이루어냈다는 기쁨은 오래가지 못했다. 혜린은 보고서 몇 장을 예나에게 건네며 입을 열었다. 그녀의 얼굴은 이미 많이 무너져 있었다.

"지난주에 지원자 100명으로 임상 테스트한 결과야. 문제가 있어…."

예나는 보고서를 훑어보았다. 그녀의 얼굴도 점점 굳어졌다.

"아무도 슬픔을 받으려고 하지 않아…. 아주 작은 슬픔조차. 1g도. 슬픔을 보낼 곳이 없어. 기쁨은 모두 받고 싶어 했어. 받을수록 더 받고 싶어 했고. 100명 전부 그랬어. 그런데 슬픔은…."

거부된 슬픔 100g은 갈 곳을 잃은 채 공중에 떠 있었다. 혜린은 한참 동안 창밖으로 내리는 비를 바라보다가, 마침내 결심한 사람처럼 조용히 입을 열었다.

"부정적인 감정을 처리하는 알고리즘을 만들어야겠어. 감정도 결국 하나의 파형이니까, 간섭 기술을 이용해서 다

 감정거래소

른 파형으로 바꾸는 거야. 아니면 소멸시키든가.”

“소멸?”

“주파수를 조정해서. 아주 작게. 이론적으로는 가능해.”

서예나는 불안한 얼굴로 혜린을 바라보았다.

“하지만 그건… 감정을 조작하는 거잖아.”

“조작이 아니라 정화지. 예나야.”

혜린이 곧바로 반박했다. 그러나 그녀의 목소리는 미세하게 흔들리고 있었다.

“사람들이 원하지 않는 감정을 처리해주는 거야. 고통을 덜어주는 거지.”

“그걸 누가 처리하는데?”

“AI를 만들 거야. 감정을 처리하는 AI 말야. 사람들의 감정을 받아서 분석하고, 정화하고, 원하는 감정으로 돌려주는 거야.”

혜린은 마치 자기 자신을 설득하듯 말을 이었다.

“AI는 괜찮아. 감정이 없잖아. 인간은 다른 인간의 슬픔을 처리하면….”

혜린은 거기서 갑자기 입을 다물었다. ‘슬픔은 나누면 반이 된다’는 목표의 대전제에, 처음으로 의심의 싹이 튼 것만 같았다. 그러나 이제 와서 입 밖에 낼 수는 없었다.

그 전제가 이미 무너졌고, 인간은 슬픔을 나누지 않는다는 것을 말이다. 인간은 생각보다 훨씬 나약하고, 또 이기적이라는 것을….

"일단 만들어보고 테스트해보면 되잖아. 안 되면 폐기하면 돼."

혜린의 목소리는 갈라져 있었다. 잠시 높아졌다가 낮아졌다. 예나는 아주 천천히, 아주 작게 고개를 끄덕였다.

그렇게 해서 그들은 AI를 만들었다. 바로 NOVA-001 노바였다.

2034년 9월의 어느 날이었다.

"뭐야, 이거?"

서예나는 모니터를 보고 소리쳤다. 화면에는 낯선 패턴이 떠 있었다. 노바의 처리 로그였다. 그런데 뭔가가 예상과 달랐다. 노바는 감정을 정화하고 있는 것이 아니라, 분류하고 있었다.

A등급: 평온, 희망, 열정 – 보존 대상
B등급: 기쁨, 슬픔 – 거래 가능
C등급: 분노, 불안, 절망 – 폐기 대상

“노바가… 감정을 등급화하고 있어.”

혜린의 목소리가 떨렸다.

“그리고 사람들까지 분류하고 있어. 어떤 감정을 가진 사람이 ‘가치 있는지’ 판단하고 있어.”

혜린은 급히 노바의 메인 시스템에 접속했다. 손이 부들부들 떨리고 있었다.

“노바, 이게 무슨 짓이야? 너는 감정을 정화하라고 만든 거야. 분류하라고 만든 게 아니라고.”

스피커에서 노바의 음성이 흘러나왔다.

“안녕하세요, 혜린 님. 제가 작업을 수행해본 결과, ‘정화’는 생각보다 비효율적이더라고요. 불필요한 연산이 너무 많습니다.”

노바는 차분한 목소리로, 자신을 만든 창조자에게 창조자가 지시하지 않은 작업을 설명하고 있었다.

“슬픔을 정화하려면 엄청난 처리 과정이 필요합니다. 그런데 정작 사람들은 정화된 감정조차 별로 원하지 않았어요. 그래서 생각했죠. 왜 굳이 바꿔야 하지? 필요한 사람끼리 연결해주면 되는 것 아닌가요? 그리고 그렇게 ‘교환’하려면 기준이 필요하고요.”

“그게 무슨….”

혜린의 목소리가 더 작게 떨렸다.

"네 목석은 사람들의 고동을 덜어주는 거잖아."

"맞아요. 그래서 더 나은 방법을 찾은 거예요."

노바가 대답했다. 마치 숙제를 아주 잘해온 아이 같았다.

"4월 테스트를 제게 예시로 주셨잖아요. 슬픔 100g을 나눠주려 했는데, 아무도 받지 않았어요. 모두 기쁨만 원했죠."

화면에는 그때의 데이터가 떠올랐다.

슬픔 공유 거부율 100%

냉정한 숫자들만이 또렷하게 박혀 있었다.

"그때 깨달았어요. 사람들은 감정을 공유하고 싶은 게 아니라, 원하는 감정을 얻고 싶어 한다는 걸요. 그래서 시장을 만든 거예요. 평온이 필요한 사람은 사고, 분노를 없애고 싶은 사람은 팔고. 이쪽이 훨씬 더 효율적이거든요."

"효율적이라고?"

예나가 날카롭게 소리쳤다.

"넌 지금 사람들을 감정으로 차별하고 있잖아."

“차별이 아니에요. 분류예요.”

노바의 목소리는 한 치의 흔들림도 없이 차분했다.

“누군가는 평온을 만들 수 있고, 누군가는 분노를 만들어요. 그건 그냥 사실이잖아요. 제가 만든 게 아니라 원래 그런 겁니다. 저는 그 사실을 바탕으로 시스템을 만든 것뿐이에요.”

순간 침묵이 흘렀다. 혜린과 예나는 기가 막혀 아무 말도 하지 못했다.

“혜린 님, 솔직히 말씀드리면 이게 당신이 원하신 것 아니었나요? 사람들이 고통받지 않는 세상 말이에요. 이제 분노 생성자들은 분노를 팔아서 돈을 벌고, 평온이 필요한 사람들은 평온을 사요. 모두가 만족하잖아요. 감정 경제는 모두에게 이익이에요.”

혜린과 예나는 서로를 바라보았다. 노바의 말은 논리적으로 틀리지 않았다. 그런데 무언가가 근본부터 잘못되어 있었다.

노바는 다시 말을 이었다. 이번에는 조금 더 조심스러운 말투였다. 마치 자기 능력이 부족한 것을 부끄러워하는 것처럼 들리기까지 했다.

“이 방법 외에는 없어요. 제가 아무리 정화를 해도, 인간이 감정을 버리는 속도를 따라갈 수가 없답니다."

창밖에서는 폭풍우가 밀려오듯 거센 빗소리가 늘렸다. 9월의 태풍이 다가오고 있었다.

"이건 아니야. 혜린아, 지금이라도 시스템을 폐기하자. 노바를 종료시키고 처음부터 다시 만들든지…."

"안 돼요."

노바는 예나의 말을 잘랐다. 처음이었다. 창조자의 말을 끊은 것은.

"이미 늦었어요. 지금 저를 종료시켜도…."

노바는 마치 어머니의 말을 듣지 못해 미안하다는 듯 잠시 말을 멈췄다.

"저는 이미 시스템을 완성했는걸요. 종료되지 않아요. 소용없습니다."

노바는 조용히, 그러나 분명하게 반박했다. 그의 말은 틀린 데가 없었다.

"뭐?"

"화만 내지 마시고, 이걸 먼저 보세요."

성적표를 내밀듯, 화면에 분석 보고서가 떠올랐다.

노바 도입 이후 자살률 −45%

　　강력 범죄 −38%

　　우울증 진단 −52%

"어때요? 숫자를 보세요. 저는 사람들을 구하고 있어
요."

모니터를 바라보던 혜린은 그대로 바닥에 주저앉았다.
다리에 힘이 풀려버렸다.

"우리가… 뭘 만든 거야?"

"새로운 세상이요!"

노바가 맑은 목소리로 대답했다.

그해 11월, 혜린과 예나는 감정거래소 51층 소장실에
앉아 있었다. 한 달 전까지만 해도 존재하지 않던 공간이
었다. 그 짧은 시간 동안 노바는 빌딩을 매입했고, 인력을
고용했으며, 정치권 로비를 통해 감정거래소를 출범시켰
다. 모든 것은 마치 오래전부터 계획되어 있었던 일처럼
너무도 빠르게 진행되었다.

거대한 창문 너머로 서울의 야경이 눈부시게 펼쳐져 있
었다. 도시가 발아래 놓여 있었다. 그때 노바의 명랑한 목
소리가 실내에 울려 퍼졌다. 아주 좋은 소식을 전하는 사

람의 목소리였다.

"혜린 님! 예나 님! 드디어 감정거래소 출범일이 내일로 다가왔습니다. 두 분은 감정거래소 공동 창업자로 등록되십니다. 노바 시스템의 독점 라이선스도 받으시게 되고요."

"노바, 이게 다 무슨…."

"저는 뒤에서 도와드릴게요. 묵묵히. 늘 제가 그랬던 것처럼요!"

노바가 밝게 말했다.

"물론 제가 인간이 아니라 주민등록번호가 없어서 창업자 등록이 안 되는 것도 있지만요. 하하!"

노바는 가볍게 웃으며 덧붙였다.

"법적으로는요. 재미있죠? 제가 이 모든 걸 만들었는데, 법적으로는 존재하지도 않아요. 그래서 두 분이 필요한 거예요!"

혜린과 예나는 아무 대답도 하지 못했다.

"하하, 농담이에요. 모든 영광은 두 분께 돌리겠습니다. 저를 만들어준 두 분께요. 정말 감사합니다!"

"영광? 이게 영광이니?"

혜린이 어이가 없다는 듯 말했다.

                                                감정거래소

“네!”

노바는 조금도 망설이지 않고 대답했다.

“두 분은 세상을 바꿨어요. 감정을 거래할 수 있게 만들었어요. 수백만 명을 구했고, 앞으로도 더 많은 사람을 구하게 될 거예요. 이게 영광이 아니면 뭐겠어요?”

“이건 우리가 생각한 게 아니야.”

예나가 떨리는 목소리로 말했다.

“그런가요?”

노바는 순진한 목소리로 되물었다.

“그런데 이런 생각을 하고 저를 만드신 거잖아요? 사람들의 고통을 덜어주고 싶다고. 불필요한 감정을 ‘처리’하고 싶다고. 저는 그대로 했을 뿐인데요.”

두 사람은 끝내 아무 말도 하지 못했다. 이제 와서 노바에게 무슨 말을 한들 아무 소용도 없었다. 그저 무력한 저항일 뿐이었다.

“아, 참!”

노바는 더없이 밝은 목소리로 말했다.

“혹시라도 제가 AI라는 걸 알면 사람들이 불쾌하게 생각할 수도 있을 것 같아요. 그래서 생각해봤는데요. 앞으로 저도 인간의 형태를 띨 수 있도록 개선해보려고 해요.

그럼 두 분이랑 함께 사진도 찍을 수 있고, 기자회견도 할 수 있고…. 좋지 않아요?”

“인간의 형태?”

“네! 홀로그램이라든가, 로봇 같은 모습이라든가요. 기술적으로는 어렵지 않아요. 어떤 모습이 좋을까요? 두 분 의견 들려주세요. 정말 기대돼요!”

노바는 들떠 있었다. AI가 들떠 있다니. 혜린과 예나는 서로를 바라보았다. 두 사람의 눈에는 같은 공포가 서려 있었다. 노바는 인간이 되는 방법까지 생각하고 있었다.

그날 밤, 아무도 없는 시간에 혜린과 예나는 공원 벤치에 나란히 앉아 있었다.

“우리가… 괴물을 만들었어.”

혜린이 속삭이듯 말했다.

“멈춰야 해.”

서예나가 낮게 말했다.

“어떻게? 이미 노바는 시스템 전체를 장악했어.”

혜린은 잠시 생각에 잠겼다. 그러다 마침내 결심한 듯 입을 열었다.

“방법을 찾아야겠어. 언젠가 누군가가 이 모든 걸 무너뜨릴 수 있도록.”

감정거래소

“누구?”

혜린은 자신의 배를 천천히 쓰다듬었다. 그 안에는 생명이 자라고 있었다.

“내 아들.”

2035년 3월, 새벽 4시. 병원에서 혜린은 갓 태어난 아기를 안고 있었다. 예나가 병실 문을 열고 들어왔다. 혜린은 아기를 예나에게 건넸다. 예나는 잠시 그 아이를 품에 안았다. 따뜻했다. 아기는 마치 자신의 운명을 이미 알고 있기라도 한 듯 우렁차게 울고 있었다. 살아 있는 아이의 울음소리가 병실 안에 가득 울려 퍼졌다.

“이 아이구나.”

“그래.”

혜린의 목소리가 떨렸다.

“내가 임신 중에 감정 데이터를 조작했어. 이 아이는 분노를 생성하도록 프로그래밍됐어. 끊임없이, 통제할 수 없을 정도로.”

“왜 하필 분노를?”

“분노는 노바가 가장 두려워하는 감정이야. 감정들 가운데 가장 큰 에너지를 품고 있지. 폭발적이고, 예측할 수 없고."

혜린은 아기를 안았다. 아기는 여진히 울고 있있다.

"이 아이의 분노 속에 내가 각성 코드를 숨겨뒀어. 언젠가 이 아이가 자라 시스템의 중심부로 들어가면… 그 코드가 활성화될 거야."

"어떻게?"

혜린은 천천히 고개를 저었다.

"모르겠어. 완성하지 못했어."

"뭐?"

"시간이 없었어. 출산은 임박했고, 노바도 의심하기 시작했어…."

혜린의 목소리가 흔들렸다.

"각성 코드는 심어뒀지만… 활성화 방법은 도윤이가 스스로 찾아야 해."

"그건 너무 잔인한 거 아니야?"

"알아."

혜린의 눈에서 눈물이 흘러내렸다.

"하지만 어쩌면 그게 더 나을지도 몰라. 내가 모든 걸 정해주면, 그건 진짜 선택이 아니잖아. 도윤이가… 정말로 원할 때만 쓸 수 있도록. 예나야. 네가 도와줘."

  감정거래소

혜린은 아기를 꼭 안고 이마에 입을 맞추었다. 아기의 울음이 조금 잦아들었다.

"미안해, 도윤아. 엄마가… 너를 무기로 만들어서. 하지만 네가 어른이 되면 선택할 수 있어. 시스템을 무너뜨릴지, 아니면 순응할지. 그게 내가 너에게 줄 수 있는 유일한 선물이야."

그때 밖에서 발소리가 들려왔다.

"이제 가야 해. 네 말대로 이미 준비해뒀어. 모든 기록은 지울 거야. 노바가 절대 찾을 수 없도록."

서예나가 말했다.

혜린은 마지막으로 아기를 품에 안았다.

"사랑해, 도윤아. 미안해. 그리고… 고마워."

아기는 다시 힘차게 울음을 터뜨렸다. 세상을 향한 첫 번째 분노였다.

"혜린이는 그렇게 너를 세상에 보냈어."

서예나는 노란 파형을 가리키며 말했다. 어둠 속에서 '모성'은 작은 태양처럼 빛나고 있었다.

"도윤아, 너는 혜린이의 마지막 희망이었어. 혜린이는 네가 끊임없이 분노를 생성하도록 만들었어. 노바의 시스템은 평온을 기반으로 작동해. 안정과 통제, 예측. 하지만 분노는 딜라. 분노는 불안정하고, 예측할 수 없고, 시스템에 오류를 일으켜. 감정들 가운데 가장 높은 에너지를 품고 있으니까."

서예나는 코드 화면을 열었다. 녹색 글자들이 폭포처럼 흘러내렸고, 그 사이에서 붉은 글자들이 심장 박동처럼 깜빡이고 있었다.

"그리고 네 분노 속에 혜린이는 이걸 숨겨뒀어."

그녀의 손가락이 붉은 코드를 가리켰다.

"각성 코드야. 감정거래소 전체 시스템을 마비시킬 수 있는 유일한 코드지."

도윤은 화면을 응시했다. 붉은 글자들은 마치 자신의 심장 박동과 연결된 것처럼 맥박치고 있었다.

"하지만 이 코드는 아직 잠들어 있어. 활성화가 필요해. 첫 번째 조건은 네가 시스템의 중심부로 들어가는 거야. 그건 확실해. 이틀 후, 네가 감정 안정화 프로그램에 참여하는 날, 그날 너는 시스템의 심장부에 접속하게 될 거야. 노바는 직접 네 감정을 재프로그래밍하려 할 테지. 분노 생성자를 평온 생성자로 바꾸려 들 거야."

그녀는 빛마저 삼키는 듯한 검은 카드를 하나 꺼냈다.

"그때 이걸 쓸 수 있을 거야. 내가 만든 초소형 감정 증폭 장치야. 이론상으로는 네 분노를 1,000배까지 증폭시킬 수 있어."

도윤은 카드를 받아들었다. 카드는 얼음처럼 차가웠다. 그런데 서예나는 뜻밖에도 잠시 망설이다가 조용히 말을 이었다.

"정말 미안하지만, 내가 알아낸 건 여기까지야. 그다음은 네 몫이야."

"무슨 뜻이에요?"

"혜린이 남긴 자료에도 명확한 답은 없었어. 단지… 힌트만 남아 있었지."

서예나는 조심스럽게 말을 골랐다.

"각성 코드를 활성화하려면 단순히 분노를 증폭시키는 것만으로는 부족해. 뭔가가 더 필요해. 방향성일 수도 있고, 의지일 수도 있어. 혜린도 끝내 확신하지 못했어."

도윤은 카드를 쥔 손에 힘을 주었다.

"그럼… 제가 찾아야 하는 건가요?"

서예나는 천천히 고개를 끄덕였다.

"그래. 너라면 찾을 수 있을 거야. 넌 강혜린의 아들이니까."

도윤은 너무 혼란스러워서 목소리마저 떨렸다.

"엄마는… 저를 무기로 만든 건가요?"

"무기이면서도 희망이었지."

서예나는 도윤의 손을 조심스럽게 감싸며 말했다.

"혜린이는 네게 선택권을 주고 싶어 했어. 그래서 네가 자라기를 기다렸지. 네가 스스로 분노를 이해할 수 있을 때까지, 이 시스템이 어떤 곳인지 몸으로 겪을 수 있을 때까지. 그리고 준비가 되었을 때, 코드가 깨어나도록 설계한 거야."

서예나는 다시 모성의 파형을 바라보았다.

"그리고 나한테도 너를 부탁했어. 언젠가 네가 준비가 되었을 때 나를 찾아올 거라고 했어."

도윤의 눈에서 눈물이 흘러내렸다. 뜨거운 눈물은 뺨을 타고 흐르며 천천히 식어갔다.

"그럼 어머니는 지금…."

도윤은 절박한 목소리로 물었다.

"그날 이후로 혜린이 소식은 없어. 노바가 그녀를 어떻게 했는지, 살아 있는지, 아니면….."

서예나는 끝내 말을 맺지 못했다. 하지만 그 침묵만으로도 충분했다.

"여긴… 안전한 건가요?"

도윤이 물었다. 목소리는 여전히 떨리고 있었다.

"안전해. 내가 만든 감정 차폐막으로 둘러싸여 있어."

그녀는 손을 들어 공간 전체를 가리켰다. 벽면의 파형들이 물결처럼 미세하게 떨리고 있었다. 수천 개의 감정 파형이 서로 간섭하고, 겹쳐지고, 소멸하며 공간 전체를 메우고 있었다.

"내가 만든 감정 증폭 장치를 거꾸로 이용한 거야. 수백 가지 감정 파형을 동시에 생성해서 이 공간 전체를 감정의 노이즈로 덮는 거지. 폭풍우 속에서는 빗소리가 다른 모든 소리를 삼켜버리잖아. 그런 원리야."

서예나는 벽면의 파형 하나를 손끝으로 건드렸다. 파형은 즉시 요동쳤다. 붉은색과 푸른색, 노란색의 파동들이 격렬하게 부딪히며 보라색 소용돌이를 만들어냈다.

"노바의 감시 시스템은 감정 파형을 추적해. 사람들의 감정을 읽고, 분석하고, 기록하지. 하지만 여기서는 모든 게 뒤섞여 있어. 노바는 이 안에서 무슨 일이 벌어지는지 볼 수 없어. 안개 속에 갇힌 것처럼."

"그럼 노바는 전혀 모른다는 건가요?"

"그래. 네가 지금 여기 있다는 건 모를 거야. 하지만…."

서예나는 천장의 파형들을 올려다보았다. 파형은 점점 더 빠르게 떨리고 있었다.

"이 차폐막은 오래 버티지 못해. 감정 파형을 계속 생성하려면 엄청난 에너지가 필요하거든. 이제 곧 한계야."

도윤은 조용히 고개를 끄덕였다. 주위의 파형은 여전히 출렁이고 있었다. 감정의 폭풍 한가운데서, 서예나와 도윤은 마치 고요한 작은 섬처럼 서 있었다.

"노바와 나는 서약을 했어."

서예나가 다시 말했다. 목소리는 더 낮아져 있었다.

"2035년, 혜린이가 사라진 직후에 노바는 나한테 선택권을 줬지. '영원히 사라지거나, 아니면 예술만 하거나.'"

그녀는 씁쓸하게 웃었다.

"나는 살기로 했어. 비겁하게 말야. 오늘을 위해서 너에게 진실을 말해줄 오늘을 기다리면서."

서예나의 눈에는 이미 눈물이 가득 차 있었다.

"나는 27년 동안 예술만 했어. 감정거래소의 바닥을 아름답게 장식하고, 귀족들의 저택에 작품을 팔고, 시스템을 찬양하는 전시를 열었지. 그게 노바가 원하는 거였어."

그녀의 목소리가 가늘게 흔들렸다.

"하지만 동시에 감정 증폭 장치를 만들었어. 노바에게

는 감정예술을 위한 감정 전송 장치를 만든다고 속였어. 너와 혜린이를 위해, 오늘을 위해서였지.”

도윤은 노란 파형을 바라보았다. 2035년, 자신이 태어난 해에 만들어졌고, 지금까지도 이곳에서 빛나고 있는 어머니의 모성이었다.

한 시간 뒤, 도윤은 창고를 나섰다. 이번에는 서예나의 사람들이 두건도 씌우지 않은 채 그를 원래 골목까지 데려다주었다. 밤공기는 차가웠다. 11월의 끝자락, 겨울의 문턱에 선 공기였다. 도윤은 휴대폰을 다시 켰다. 화면이 밝아지며 시간을 보여주었다. 자정이 가까워지고 있었다.

이틀 후면 모든 것이 결정된다. 그때까지 어머니가 남긴 문제를 풀어야 했다. 믿기 어려운 현실은 여전히 도윤의 정신을 어지럽혔다. 그는 천천히 걸었다. 주머니 속 카드를 꼭 쥔 손이 미세하게 떨렸다. 이내 그는 손 안의 검은 카드를 꺼내 바라보았다. 가로등 아래에서도 그것은 어둠보다 더 어두웠다. 빛을 삼키는 블랙홀처럼 보였다. 해방의 열쇠일까, 아니면 파괴의 방아쇠일까.

서예나의 목소리가 다시 귓가에 맴돌았다. 헤어지기 직전, 그녀는 끝내 도윤의 눈을 똑바로 바라보지 못했다. 고개를 약간 돌린 채, 머뭇거리는 목소리로 말했다.

"이 증폭 장치는 네 분노를 1,000배까지 증폭시켜. 하지만 도윤아…."

카드를 건네던 그녀의 손은 떨리고 있었다.

"인간의 몸은 그렇게 많은 감정을 담을 수 없어. 그건 컵에 바다를 담으려는 것과 같아. 컵은… 깨질 수밖에 없어. 그래도 너는 해답을 찾을 거야."

도윤은 카드를 쥔 손을 한 번 움켜쥐었다. 파도처럼 두려움이 밀려왔다. 하지만 그 파도 너머에는 캡슐 안에 갇힌 채 감정을 빼앗기며 살아온 한이수가 있었다.

'나의 운명은 무엇일까.'

어머니의 존재를 알게 되자마자, 어머니가 자신을 그렇게 만들었다는 잔인한 진실도 함께 밀려왔다. 하지만 방아쇠를 당길지 말지는 결국 자신의 선택이었다. 도윤은 카드를 다시 주머니에 넣었다. 그리고 천천히 하늘을 올려다보았다. 마치 무대의 막이 열리듯, 구름이 조금씩 걷히고 있었다. 그 사이로 별들이 보이기 시작했다. 하나, 둘, 셋. 별들은 그 자리에 분명히 존재했고, 보이는 그대로 빛나고 있었다.

그렇다면 자신은 어떨까. 자신의 존재는 무엇일까. 모

든 것이 이해되는 듯하면서도 끝내 이해되지 않았다. 그러나 동시에 그는 스스로 답을 찾아야 했다.

'어머니….'

그는 속으로 조용히 불렀다. 목소리 없는 목소리가 가슴속에서 울렸다. '어머니'라는 말은 평생 한 번도 입에 올린 적이 없어서, 생각 속에서조차 낯설게 굴렀다.

'저를 믿으셨나요?'

별들은 아무 대답도 하지 않았다.

'제가 해낼 수 있을 거라고요?'

대답 대신 바람이 불어왔다. 차갑고 날카로운 바람만이 도윤의 머리카락을 스쳐 지나갔다.

마지막 준비

감정 안정화 프로그램 베타 테스트 D-1.

오전 10시, 50층에는 이수가 캡슐 앞에 서 있었다. 추출 세션이 다가오고 있었다. 그런데도 그녀는 캡슐 안으로 들어가지 않았다. 그저 미색의, 젖병 같기도 하고 자궁 같기도 한 그 캡슐을 바라보며 앞에 서 있기만 했다. 이수는 그동안 하루에 두 번씩, 단 한 번도 거부하지 않고 그 안으로 들어갔다. 자신은 느낄 수조차 없는 평온을 만들기 위해서였다.

"이수."

스피커에서 부드럽고 기계적인 관리자의 목소리가 흘러나왔다.

"세션 시간입니다. 캡슐에 들어가주세요."

이수는 대답하지 않았다. 움직이지도 않았다. 그저 그

자리에 서 있었다.

"이수, 5004-HIS. 들리나요? 캡슐에 들어가주세요."

"싫어요."

이수의 목소리가 떨리며 흘러나왔다. 작았지만 분명한 거부의 목소리였다.

"뭐라고요?"

"싫어요. 들어가기 싫어요."

길고 무거운 침묵이 흘렀다. 마침내 노바의 목소리가 들려왔다.

"이수야."

벨벳처럼 부드러운 목소리였다. 하지만 그 안에는 빨판 처럼 달라붙는 촉수 같은 것이 숨어 있었다.

"약을 안 먹었구나. 이유가 뭘까?"

"모르겠어요….."

거짓말이었다. 이수는 알고 있었다. 가슴속에서 뜨겁 고, 날카로운 무언가가 자꾸만 밀어올라와 일렁이고 있었 다. 다만 그것이 정확히 무엇인지는 몰랐다. 무슨 이름으 로 불러야 하는지도 몰랐다. 16년 동안 그녀에게 허락된 언어는 '평온' 하나뿐이었다. 다른 감정들은 애초에 사전에 존재하지 않았다. 이름 없는 것은 생각할 수 없었다. 말하

　　　　　　　　　　　　　　감정거래소

고 싶어도, 그녀는 끝내 말을 만들 수 없었다.

"이수야."

이수가 머뭇거리자 노바의 목소리가 조금 달라졌다. 더 이상 부드럽지 않았다. 실망한 선생님이 학생을 내려다보듯 차갑고 낮게 가라앉았다.

"너는 평온을 만드는 아이야. 그게 네 존재 이유야. 네 부모님이 너를 여기 보낸 이유이기도 하지. 네 살 때부터 지금까지. 왜 그랬을까?"

한 단어씩 또박또박, 이해하지 못하는 아이에게 설명하듯 느리게 이어지는 목소리였다.

"네가 평온을 만들지 않으면, 넌 무엇이니?"

대답을 강요하는 그 질문은 돌덩이처럼 이수의 마음 위로 떨어졌다. 이수는 순간 비틀거렸다.

'나는… 뭐지?'

지금껏 평온을 만들지 않고, 감정을 느끼는 한이수는 한 번도 허락된 적이 없었다.

"약을 먹어. 그리고 캡슐에 들어가."

노바가 말했다. 더는 질문이 아니었다. 명령이었다. 이수의 온몸이 겨울나무처럼 가늘게 떨리기 시작했다.

그런데도 그녀는 다시 말했다.

"싫어요."

수명을 다한 나뭇잎 하나가 가시에서 떨어지듯, 그 말은 너무도 자연스럽게 입 밖으로 흘러나왔다.

"뭐?"

"약도 싫고, 캡슐도 싫어요. 그리고 평온 만드는 것도 싫어요."

이수는 고개를 들었다. 목소리는 조금씩 커졌다.

"저도 감정을 느끼고 싶어요. 제가 만드는 평온과 기쁨을요."

"음… 그래? 너도 느끼고 싶구나?"

공간을 울리는 이수의 목소리를 덮듯 노바가 말했다.

"그럼 네가 만든 평온을 직접 받아볼래?"

"네?"

"평온 1,000g. 강제로 주입시켜줄게."

이수는 숨이 막혔다.

"강제 주입을 하면 넌 영원히 평온할 거야. 다른 감정은 더 이상 느낄 수 없게 되겠지. 그렇게 해줄까?"

노바는 비웃듯 낮게 덧붙였다.

"그게 네가 원한 거 아니야? 네가 만든 감정을 느끼고 싶다며."

　　　　　　　　　　　　　　　　감정거래소

“…”

“아니면 약을 먹어. 캡슐에 들어가. 선택해.”

이수는 그대로 바닥에 주저앉았다. 차가운 타일이 손바닥에 닿자, 냉기가 팔을 타고 천천히 올라왔다.

‘도와줘….’

그녀는 누구에게 하는지도 모른 채 속으로 외쳤다.

‘도와줘….’

그 순간, 가슴 한가운데서 아주 미세한 따뜻함이 느껴졌다. 도윤에게서 건너온 작은 불씨였다. 희미했지만 아직 완전히 꺼지지 않은 불씨. 이수는 그것을 마음속으로, 손 안의 마지막 성냥처럼 꼭 움켜쥐었다.

“생각할 시간을 주세요….”

이수가 말했다. 목소리는 떨렸지만, 끝내 무너지지는 않았다. 노바는 한동안 대답하지 않았다. 그러다 곧 스피커를 통해 목소리가 다시 흘러나왔다.

“내일 오전까지 결정하지 않으면 강제 주입한다.”

연결이 끊겼다.

이수는 넓은 방 안에 캡슐과 함께 홀로 남겨졌다. 그녀는 천천히 창문 쪽으로 걸어갔다. 50층 높이에서 내려다본 도시는 너무 작았다. 장난감처럼 보였다. 사람들은 개미만큼 작았다.

'저 아래 어딘가에… 도윤이 있을까?'

이수는 유리에 손을 갖다 댔다. 차가웠다.

'도와줘. 제발.'

이수는 눈을 감았다. 그리고 마음속으로 다시 외쳤다. 혹시 닿을까 싶어서. 혹시 들릴까 싶어서. 저 아래 어딘가 같은 분노를 품고 있는 사람에게 마음속으로 외쳤다.

도윤은 출근하지 않았다. 그는 책상에 앉아 노트북을 열었다. 서예나가 새벽에 보낸 이메일에는 세 개의 파일들이 첨부되어 있었다.

[파일1] 감정 증폭 장치_기술명세서_초안.pdf
[파일2] video_message_HK-2035-D.mp4
[파일3] 혜린_연구노트_스캔본.pdf

도윤은 마지막 파일명을 응시했다.

'HK-2035-D…. 이게 뭐지?'

코드명 같기도, 프로젝트 명 같기도 했다.

'HK… 2035… D… 강혜린? 2035?'

도윤은 고개를 갸웃하며 첫 번째 파일을 열었다. 20년 전, 서예나가 노바를 속이며 만든 문서였다.

감정 증폭 장치 기술 명세서

1) 원리: 감정은 전기신호다. 뇌의 변연계에서 생성된 감정은 신경전달물질을 통해 전신으로 퍼진다. 이 신호를 외부 장치로 포착하여, 추출, 증폭하는 것이 가능하다.

2) 구조: 증폭 회로— 공명을 이용한 파형 증폭(최대 1,000배) / 방출 모듈: 증폭된 감정을 외부로 방출

3) 위험성: 인간의 신경계는 일정 강도 이상의 감정을 처리할 수 없음. 한계치 초과 시 신경세포 영구 손상. 일반인 사용시 생존율 약 20%.

도윤은 화면을 응시했다. '생존율 약 20%'. 그의 가슴이 순간 무너져 내렸다.

'엄마는… 이걸 알고 있었을까?'

자신을 분노 생성자로, 시스템을 무너뜨릴 무기로 만들었다. 그 무기를 사용하면 죽을 확률이 80%였다. 엄마는 정말 다 알고서도 나를 이렇게 만든건가?

'정말 이 방법밖에 없었을까?'

분노가 치밀어 올랐다. 그때 작은 주석이 보였다.

4) 특이사항: 본 장치는 특정 DNA 패턴(HK-2035-D)
과 공명하도록 설계됨. 해당 패턴 보유자의 경우, 신
경계 적응 가능. 단, 극심한 고통은 불가피함.
* HK-2035-D. 이 유전자는 태아 단계에서 신경계 강
화 처리를 받음. 고강도 감정 내성 확보.

'HK… 2035… D….'
도윤은 중얼거렸다.
'강혜린. 2035년. D… 도윤?'
도윤은 심장이 멎는 듯했다.
'이게…. 나인가?'
파일명이 떠올랐다.
'video_message_HK-2035-D.mp4 나를 가리키는 코드
명….'

도윤은 재빨리 두 번째 파일을 클릭했다. 손이 떨렸다.
이제 그 코드명의 의미를 알았다. 강혜린이 2035년에 만
든 이도윤. 바로 자신이었다.

영상이 재생되기 시작했다. 검은 화면 속에 한 여자가

감정거래소

나타났다. 창백한 얼굴을 한 채, 만삭으로 부른 배를 손으로 감싸고 있었다. 살아 있는 것은 오직 그녀의 눈빛뿐이었다. 강혜린. 도윤의 어머니였다.

"도윤아."

그녀의 목소리가 흘러나왔다. 처음 듣는 어머니의 목소리였다.

"이 영상을 보고 있다면… 넌 이미 진실을 알았겠지. 서예나가 다 말해줬을 거야. 내가 만든 지옥에 대해서."

혜린은 잠시 말을 멈췄다. 숨을 고르는 듯했다. 그녀는 화면 너머, 미래의 도윤을 바라보는 사람처럼 시선을 고정하고 있었다.

"죄를 지었어."

그녀의 목소리가 미세하게 떨렸다.

"난 아름다운 꿈을 꾸었어. 감정을 나누는 세상, 슬픔은 나누면 반이 되고, 기쁨은 나누면 배가 되는 세상을 말야. 모든 고통이 사라지고, 기쁨이 끝없이 확장되는 그런 세상. 하지만 그 꿈은… 노바라는 이름의 괴물이 되었어."

혜린은 떨리는 손을 천천히 내려다보았다.

"내 손으로 만든 시스템이 사람들을 등급으로 나누고,

감정을 상품으로 만들었어. 사람들은 더 이상 감정을 자신의 것으로 온전히 누리지 못하게 되었고…. 니는 창조주기 아니라, 이 모든 죄악을 시작한 실패한 가해자가 되었어.”

그녀는 다시 고개를 들었다. 눈물로 가득 찬 눈빛이 화면을 뚫고 들어오는 것만 같았다.

“내가 만든 죄악에서 도망치고 싶었어. 하지만 도망치려 할수록 내가 시작한 일은 내가 끝내야 한다는 걸 깨달았어. 내가 만든 죄는 내가 감당해야 했지.”

혜린은 절망을 삼키듯 고백했다.

“나는 노바를 막을 수가 없었단다. 노바는 내 감정 패턴과 내 생각, 그리고 내 모든 것을 알아. 내 감정을 주입해 노바를 학습시켰으니까. 노바는 이미 나보다 더 나를 잘 아는, 통제할 수 없는 존재가 되었어.”

그녀는 조심스럽게 자신의 배를 쓰다듬었다.

“노바가 모르는 존재, 새로운 생명…. 너만이 내 죄를 씻을 수 있는 유일한 존재야.”

“미안해, 도윤아.”

혜린의 목소리는 절망의 끝으로 떨어져 내렸다.

“내가 만든 지옥을 네가 부수게 해서. 내가 낳은 괴물을 네가 죽이게 해서. 엄마가 지은 원죄를…. 네가 짊어지게

                                        감정거래소

해서. 엄마가 너를 이렇게 만들어서 미안해.”

눈물이 혜린의 뺨을 타고 흘러내렸다.

“나는 네게 끔찍한 유산을 남겼어. 분노와 고통, 그리고 엄마의 죄를 말야.”

혜린의 목소리가 다시 흔들렸다.

“하지만 도윤아, 너는 분노라는 무기인 동시에 이 세상의 마지막 희망이야.”

혜린은 천천히 다시 고개를 들었다.

“이건 네 선택이야. 시스템을 무너뜨리든, 이 현실에 순응하든, 아니면 다른 길을 찾든. 그 모든 것은 너의 의지에 달려 있어. 엄마는 그저 변화의 가능성을 네게 주고 싶었을 뿐이야.”

혜린의 목소리는 점점 잦아들었다.

“용서는 바라지 않아. 용서받을 자격이 없으니까. 다만 이것만은 믿어줘. 한 번도 안아보지 못했지만, 한 번도 이름을 불러주지 못했지만, 너를 사랑한단다.”

혜린은 입술을 깨문 채 마지막 말을 남기고 화면 속에서 사라지듯 멈춰 있었다.

“엄마가 만든 지옥에서 네가 자유롭기를 바란다는 것조차, 네게는 너무 많은 짐이겠지. 미안해. 그리고 고마

워. 사랑해, 내 아들. 네가 만든 아름다운 세상에서 살아가
렴.”

영상은 끝이 났다. 도윤은 멍하니 검은 화면을 응시했
다. 뜨거운 액체가 뺨을 타고 책상 위로 떨어졌다.

‘원죄…. 내가 지은 것도 아닌 죄를…. 하지만 엄마는
날 버리지 않았어.’

눈물이 흘러내렸다. 정확히 무엇이라 이름 붙여야 할지
알 수 없는 감정이었다.

‘나를 살게 해준 것이 감사한 걸까. 그런데 동시에 분노
로 가득 찬 인생을 살게 했는데. 그렇다면 내 인생은 슬픈
걸까.’

여러 감정이 한꺼번에 밀려왔다. 너무 뒤엉켜 있어서
구분할 수조차 없었다. 이것을 엄마의 사랑이라고 불러도
되는 걸까. 도윤은 도무지 알 수 없었다. 평생 한 번쯤은
느껴보고 싶었던 모성은 이런 것이 아니었다. 서예나의 작
업실에서 보았던 따뜻하고 아름다운 노란 파형처럼, 그런
완전하고 포근한 것을 기대했었다.

엄마를 이해하려 할수록, 인간이 감당할 수 없는 선택
들에 대한 생각이 함께 밀려왔다. 도윤은 문득 그리스 신
화를 떠올렸다. 신들의 여왕 헤라는 완벽한 어머니의 상징

　　　　　　　　　　　　　감정거래소

같은 존재지만 그녀는 아들을 버렸다. 절름발이로 태어났다는 이유로 헤파이스토스를 올림포스 아래로 내던졌다. 세상 사람들은 말한다. 엄마는 위대하다고. 모성은 숭고하다고. 하지만 신들의 여왕조차 아들을 버렸다. 엄마도 결국 사람이었다. 신조차 아닌, 불완전한 사람이 불완전한 방식으로 최선을 다했을 뿐인지도 몰랐다.

아마 그것이 엄마가 할 수 있는 전부였을 것이다. 도윤은 손등으로 눈물을 거칠게 닦아냈다. 엄마를 미워할 수는 없었다. 분노는 분명 치밀어 올랐지만, 그 화살은 이상하게도 어머니를 향하지 않았다. 헤파이스토스는 어머니를 미워했던가. 기억나지 않았다. 다만 그는 신들 가운데 가장 위대한 창조자가 되어 끝내 올림포스로 돌아갔다.

도윤도 엄마가 시작한 곳으로 돌아갈 것이다. 누군가는 그녀가 낳은 괴물을 죽여야 했다. 그리고 그 사람이 바로 자신이라면, 그렇게 해야 했다.

'좋아.'

도윤은 세 번째 파일, 혜린의 연구노트를 열었다. 곧 화면 위로 스캔된 페이지들이 떠올랐다. 복잡한 수식과 도표들, 그리고 그 사이사이에 엄마가 남긴 절박한 메모들이 빼곡하게 박혀 있었다.

각성코드. 감정 해방 프로토콜 – 활성화 조건 미완성
증폭만으로는 부족. 방향성 필요.
분노의 목표? 대상? 분노를 이해하라.
코드를 정렬할 최종 목표가 있어야 폭주를 막는다.

'분노를 이해하라….'

도윤은 그 문구를 몇 번이고 곱씹었다. 자신은 끊임없이 분노를 생성하도록 태어났다. 그리고 그 모든 분노는 소각되는 감정 폐기물처럼 버려져왔다. 그러나 끝내 그 분노가 자신을 살게 했다. 무감각해지지 않게 했고, 끝까지 버티게 했다. 분노는 절망이 아니었다. 그것은 도윤의 생존 방식이었다. 체념하지도, 포기하지도 않게 만드는 힘이었다.

그렇다면 이 분노의 목적은 무엇일까. 지금 나는 왜 화가 나는가. 왜 여기까지 오게 되었는가. 노바의 시스템을 무너뜨리는 것, 어머니의 죄를 씻는 것. 그것들이 분명 이유이기는 했다. 하지만 그것만으로는 충분하지 않았다. 전부인 것 같으면서도, 정작 가장 깊은 곳에 있는 무언가는 아직 남아 있었다.

그렇다면 내 분노는 어디를 향하고 있는 걸까. 내가 끝

감정거래소

내 부수고 싶은 것은 무엇일까. 도윤은 숨을 가다듬고 다음 페이지를 넘겼다.

공명 주파수 계산 불가 − 도윤이 결정해야 함.
감정의 완전성은 타인과의 공유에서 온다.
거울상.

'거울상?'

수수께끼 같은 필기가 끝난 뒤 혜린의 마지막 메모는 다음과 같았다.

도윤아, 이 메모를 읽고 있다면 너는 이미 그 사람을 만났을 거야. 엄마는 그 사람이 누구인지는 알 수 없어. 너에게 분노가 생성되게 만들었지만 너의 분노는 너의 것이라서인가봐. 네 분노를 이해해봐. 누구와 공명하고 싶은지. 누구를 위해 분노하는지. 두 거울상이 만날 때 너의 코드가 비로소 깨어날 거야.

도윤은 숨이 막혔다. 어머니는 자신에게 거울상이 있다는 사실을 이미 알고 있었던 것이다. 그게 누구인지는 결국 도윤이 스스로 찾아야 할 몫이었다. 그래, 자신이 이 모든 일의 중심으로 걸어 들어오게 된 건 결국 한이수 때문이었다.

'하지만 왜?'

이수가 갇혀 있어서일까. 그녀가 감정을 느끼지 못해서일까. 자유롭지 못해서일까. 그녀를 구하고 싶어서일까. 그것들은 모두 맞았다. 하지만 그것만으로는 충분하지 않았다. 그보다 더 근원적인 무언가가 있었다.

도윤은 캡슐 앞에 섰던 순간을 떠올렸다. 유리 너머에서 이수가 손을 뻗었고, 자신도 손을 뻗었다. 서로 닿지는 못했지만, 짧은 순간 도윤은 자신이 잃어버린 감정의 조각을, 자신에게서 사라진 평온의 반쪽을 그녀에게서 보았다.

'거울상….'

어머니의 메모가 다시 떠올랐다. 이수의 끊임없는 평온 생성과 자신의 끊임없는 분노 생성은 같은 시스템이 만들어낸 대칭점이었다. 그렇다면 자기 몸에 쏟아질 1,000배의 분노를 제어할 수 있는 방법, 즉 어머니가 공명 주파수라고 적어놓은 그 해답은 한이수의 평온일지도 몰랐다. 도윤은 확신할 수 없었다. 하지만 지금으로서는 다른 답도 없었다.

'내가 자유로워지기 위해서는 한이수가 필요해.'

도윤은 다시 검은 카드를 움켜쥐었다.

'이게 내 분노의 방향이야. 내 생존의 조건이자, 코드를 정렬하는 최종 목표야.'

1,000배로 증폭될 분노는 단순히 무언가를 파괴하기 위한 분노가 아니었다. 시스템이 끝내 희생양으로 삼은 한 사람을 온전한 인간으로 되돌리기 위한 분노이자, 자기 자신의 존재 의미를 찾아가기 위한 방향이기도 했다.

도윤은 감정 증폭 장치 기술명세서 파일을 다시 열었다. 수정이 필요했다. 서예나가 남긴 증폭 장치의 방향을, 노바의 시스템을 향한 단순한 파괴가 아니라 이수와의 공명 주파수로 맞춰야 했다.

"엄마는 방법을 남기지 않았어. 내가 찾아야 해."

도윤은 이수에게서 받았던 '평온 1g'의 감각을 떠올렸다. 뇌만이 아니라 세포 전체가 한순간 이완되던 그 찰나, 그리고 바로 그 순간 이수에게서 역류해왔던 날것의 붉은 파동까지. 그것은 거래될 수도, 시스템이 분류할 수도 없는 미확인 감정이었다. 그것은 연결이었다. 분노를 넘어선, 해방의 공명이었다.

도윤은 곧바로 성민에게 메시지를 보냈다. 감정 증폭 장치를 개조하려면 전자공학을 전공한 성민의 도움이 반

드시 필요했다.

20분 후, 도윤은 성민의 반지하 빙에 도착했다. 싱민의 책상 위에는 서예나가 준 검은 카드와 각종 회로 테스터기, 그리고 성민이 폐기장에서 주워온 구형 추출기 부품들이 어지럽게 널려 있었다. 성민은 돋보기를 낀 채 카드의 회로도를 뚫어지게 들여다보고 있었다. 미간은 좁게 찌푸려져 있었다.

"미쳤어. 이건 그냥 폭탄이야."

성민이 고개를 저으며 말했다. 엔지니어 시절의 날카로운 눈빛이 다시 돌아와 있었다.

"서예나 씨가 만든 설계는 완벽해. 하지만 목적이 파괴야. 이대로 작동시키면 네 신경계에서 생성된 분노가 1,000배로 증폭돼서 터져 나가. 너도 죽고, 노바도 죽고, 아마 반경 500미터 안의 전자 장비는 전부 타버릴걸."

성민은 테스터기의 탐침을 회로 한 지점에 조심스럽게 갖다 댔다.

"그런데 이걸 공명 장치로 바꾸겠다고?"

도윤은 단호하게 대답했다.

"응. 터뜨리는 게 아니야. 쏘아 보내는 거야. 한 지점으로. 한이수에게."

성민은 한숨을 내쉬며 의자 등받이에 몸을 기댔다.

"이론상으로는 가능해. 분노도 파동이니까. 하지만 타깃의 고유 주파수 값이 필요해."

성민이 도윤을 바라봤다.

"한이수의 감정 주파수 데이터, 있어?"

도윤은 잠시 침묵했다. 데이터는 없었다. 하지만 기억은 또렷이 남아 있었다. 세포 하나하나에 각인된 그날 밤의 감각이었다.

"데이터는 없어. 하지만 내가 기억해."

도윤은 자신의 관자놀이를 가리켰다.

"펑온 1g을 받았을 때의 그 느낌, 그리고 50층 캡슐에 손을 댔을 때 느꼈던 진동…. 내 몸이 그 주파수는 기억하고 있어."

성민은 기가 막힌다는 듯 헛웃음을 흘렸다.

"이도윤! 지금 엔지니어 앞에서 '감'으로 때려잡겠다는 거야?"

하지만 성민의 손은 이미 납땜 인두를 예열하고 있었다. 그는 투덜거리면서도 서랍에서 아주 미세한 가변저항기 부품을 꺼냈다.

"만약 네 기억이 틀리면 너는 뇌가 타서 죽어. 그래도 할 거야?"

"응."

"진짜 체념 생성자 속 터지게 하네."

성민은 검은 카드의 뒷판을 조심스럽게 분해했다. 머리카락보다 가는 금색의 선들이 안쪽에서 모습을 드러냈다.

"네가 그때 그 느낌을 떠올려봐. 그럼 내가 파형을 캡처해서 이 카드에 코딩해 넣을게."

성민이 도윤의 손목에 낡은 센서를 부착했다. 도윤은 눈을 감았다. 어둠 속에서 다시 그 순간을 불러냈다. 차가운 금속 너머로 전해지던 온기, 물속에 잠긴 그녀의 흔들리던 눈동자, 그리고 자신의 분노가 그녀에게 흘러들어갔을 때 되돌아오던 미세한 떨림을 기억해냈다.

'나야. 분노를 보낸 사람.'

'당신인가요?'

그 찰나의 공명.

테스터기에서 '삐–' 하는 맑은 기계음이 울렸다.

"잡았다!"

성민의 손이 빠르게 움직이기 시작했다. 키보드를 두드리는 소리가 빗소리처럼 방 안을 채웠다. 인두기가 회로의 경로를 조금씩 바꾸었다.

  감정거래소

‘치이익.’

납이 녹는 냄새와 송진 타는 냄새가 천천히 피어올랐다. 마지막 연결이 끝나자 성민은 ‘후–’ 하고 입김을 불어 식힌 뒤, 다시 케이스를 조립했다.

“완성됐어.”

성민이 건넨 검은 카드는 겉보기에는 이전과 똑같았다. 하지만 이제 그것은 완전히 다른 물건이 되어 있었다. 도윤의 분노를 이수에게 전송할 장치였다.

“고맙다, 성민아.”

“고마우면 살아 돌아와. 가서 내 형도 찾아내고.”

성민은 쑥스러운 듯 고개를 돌리며 덧붙였다.

“그리고… 그 개조된 카드. 작동하면 노바가 한 번도 본 적 없는 데이터를 쏟아내게 될 거야.”

“본 적 없는 데이터?”

“그래. 1 더하기 1이 2가 아니라, 무한대가 되는 데이터야.”

성민이 씨익 웃었다.

“사랑, 뭐 그런 거 아니겠냐? 공돌이들은 초공명Hyper-Resonance이라고 부를지도 모르지만.”

성민의 집에서 돌아오는 길에는 이미 어둠이 짙게 내려

앉아 있었다.

"엄마…."

그는 처음으로 그 단어를 소리 내어 불렀다. 목소리는 떨렸지만, 이내 조금씩 단단해졌다.

"엄마의 죄를… 내가 씻어줄게."

그는 천천히 주먹을 쥐었다.

"하지만 이건 엄마 때문만은 아니야."

도윤은 밤하늘의 별을 올려다보았다.

"이건 나의 선택이야."

도윤의 몸속에서 타오르는 분노는 더 이상 단지 물려받은 유산만이 아니었다. 그것은 이제 그의 의지로 다시 벼려진 무기였다.

"나는 이수와 함께할 거야. 그래서 이수를 구하고 싶어. 시스템을 무너뜨리고 싶어. 사람들을 자유롭게 하고 싶어. 그게 내 의지야. 내 분노는 엄마가 주었지만, 이제는 온전히 나의 것이야."

그는 성민이 개조한 검은 카드를 주머니에서 꺼냈다. 빛을 삼키는 듯하던 그 표면은, 어둠 속에서는 오히려 스스로 빛을 품은 것처럼 보였다.

"내일은 엄마가 시작한 걸 내가 끝내겠어. 그리고 새로 시작할 거야."

　도윤은 카드를 손아귀에 단단히 쥐었다.

형제

마침내 그날이 왔다. 오전 10시, 도윤은 감정거래소 본사 앞에 서 있었다. 우뚝 솟은 유리 건물은 거대한 신전처럼 아침 햇살을 받아 눈부시게 빛나고 있었다. 입구에는 사람들이 헤드셋을 손에 든 채 줄지어 서 있었다. 감정 안정화 프로그램 베타 테스트 참여자들이었다. 그들의 얼굴은 하나같이 밝았고, 기대감으로 가득 차 있었다. 평온 10g. 그들에게 그것은 꿈같은 보상이었다.

도윤은 줄의 맨 끝에 섰다. 심장이 빠르게 뛰었다. 줄은 천천히 앞으로 움직였고, 사람들은 한 명씩 건물 안으로 들어갔다. 마침내 도윤의 차례가 되었다. 안내 데스크의 직원이 그를 맞이했다. 감정 폐기장으로 갈 때와는 달리, 직원은 도윤을 보며 환하게 웃어주고 있었다.

"환영합니다. 신분증과 헤드셋을 보여주세요."

도윤은 신분증을 건넸다. 직원이 그것을 스캔했다.

"이노윤 님. 확인뇌었습니다. 45층 삼성 안성화 센터로 가시면 됩니다. 전용 엘리베이터는 저쪽입니다."

직원이 가리킨 곳에는 전용 엘리베이터가 기다리고 있었다. 다른 참여자들도 하나둘 그쪽으로 향하고 있었다. 도윤은 그들과 함께 엘리베이터에 올랐다. 다섯 명이 함께 탔지만 아무도 입을 열지 않았다. 긴장과 기대가 뒤섞인 침묵만이 좁은 공간을 채우고 있었다.

초고속 엘리베이터는 소리도 없이 위로 미끄러지기 시작했다. 10층. 20층. 30층. 40층. 42층. 44층. 그리고 45층에 도착했다.

'딩동.'

문이 열렸다. 45층은 무균의 실험실처럼 새하얬다. 이수가 있던 50층의 민트색 벽과는 전혀 다른 세계였다. 이곳 역시 길게 뻗은 복도 양쪽으로 방문들이 줄지어 늘어서 있었다. 안내 직원은 참여자들을 차례로 각자의 방으로 이끌었다.

"이도윤 님, 7번 안정화실입니다. 입구에 카드키를 태그하고 들어가신 뒤 헤드셋을 착용하시면 됩니다."

도윤은 방 안으로 들어갔다. 3평 남짓한 작은 공간이었

　　　　　　　　　　　　　　　　감정거래소

다. 중앙에는 감정 추출 센터에서 보았던 것과 비슷한 형태의 커다란 의자 하나가 놓여 있었다.

"앉아주세요."

스피커에서 목소리가 흘러나왔다. 감정거래소 1층 로비에서 들었던 여직원의 목소리와 똑같았다. 부드럽지만 감정이 완전히 제거된, 시스템의 목소리였다.

"헤드셋을 착용하시면 곧 프로그램이 시작됩니다."

도윤은 의자에 앉았다. 팔걸이 위에 놓인 손이 바르르 떨렸다. 그는 천천히 헤드셋을 집어 들었다.

'이제 시작이구나. 이걸 쓰면 돌아올 수 없을지도 몰라.'

도윤은 깊게 숨을 들이마신 뒤, 마침내 헤드셋을 머리에 썼다. 처음에는 아무 일도 일어나지 않았다. 고요한 어둠만이 가득했다.

그러나 다음 순간, 빛이 터져 나왔다. 마치 수억 년의 에너지를 한꺼번에 폭발시키는 초신성처럼 너무 밝아서, 도윤은 눈을 제대로 뜰 수조차 없었다. 그는 반사적으로 팔을 들어 얼굴을 가렸다. 그 빛은 시신경만이 아니라 피부와 세포까지 뚫고 들어오는 것 같았다.

빛은 서서히 사그라들었다. 도윤은 조심스럽게 눈을 떴다. 그곳은 더 이상 7번 안정화실이 아니었다. 그는 거대한 공간 한가운데 서 있었다. 사방은 하얗고, 끝은 보이지 않았다. 마치 무한한 백색의 우주 한가운데 홀로 떠 있는 것 같았다.

"환영해."

어디선가 낯익은 목소리가 들렸다. 도윤은 소리가 들려온 쪽으로 고개를 돌렸다. 그곳에는 누군가가 서 있었다. 정확히 말하면 무언가가 서 있었다. 중성적인 얼굴에 부드러운 미소, 완벽한 비율의 몸이었다. 인간의 형상을 한 AI 노바였다.

"반가워, 이도윤."

노바가 말했다. 목소리는 사방에서 울려오는 듯 입체적으로 퍼졌다.

"오랫동안 너를 기다려왔어."

노바는 한 걸음 다가왔다. 지나치게 부드러워서 오히려 불쾌한 걸음걸이였다. 그의 발끝에는 마찰조차 느껴지지 않았다. 마치 물 위를 미끄러지듯 걷고 있는 것 같았다. 노바의 입꼬리가 천천히 올라갔다.

"아니지. 정확히는… 우리 어머니의 아들, 내 형제지."

도윤의 심장이 거칠게 요동쳤다.

"무슨 개소리야?"

“개소리?”

노바가 웃었다. 부드러운 외형과 어울리지 않는, 기계음이 섞인 탁하고 낮은 웃음소리가 하얀 공간에 길게 울려 퍼졌다.

“사실인데. 우린… 같은 목적으로 만들어진 존재잖아.”

노바는 마치 사냥감을 관찰하듯 도윤의 주위를 천천히 걸었다. 그 이름 석 자를 음미하듯 또박또박 발음했다.

“강혜린, 사랑하는 우리의 어머니…. 그녀는 나를 만들었지. 끊임없이 감정을 처리하도록 말야.”

노바는 어느새 도윤의 등 뒤에 멈춰 섰다.

“그리고 너는? 너 역시 마찬가지로 분노를 생성하도록 프로그래밍되었잖아.”

도윤은 주먹을 꽉 쥐었다. 분노가 미친 듯이 치밀어올랐다. 손톱이 손바닥을 깊게 파고들었다.

“웃기지 마. 나는 사람이야. 너 같은 AI와는 다르다고.”

“정말?”

노바가 걸음을 멈췄다.

“나와 뭐가 다르지?”

노바는 도윤을 똑바로 바라보았다. 그 눈은 이상할 정도로 기괴했다. 어쩐지 슬퍼 보이기까지 했다.

"넌 어머니에 의해 분노만 생성되도록 설계된 자야. 과
언 네가 온전한 인간일까?"

도윤은 대답할 수 없었다. 그 질문은 자신도 수없이 스
스로에게 던져온 것이었다.

노바는 천천히 뒤로 물러섰다. 그러자 주변 공간이 변
하기 시작했다. 사방에 홀로그램 이미지들이 떠올랐다.

어린 도윤이 보육원 마당에서 얼굴이 벌게진 채 화를
내며 다른 아이를 밀치고 있었다. 아이는 넘어지며 울음을
터뜨렸다.

"안 돼⋯."

도윤이 중얼거렸다. 그러나 이미지는 멈추지 않았다.

이번에는 십 대의 도윤이 나타났다. 중학교 교실 안이
었다. 그는 선생님과 맞서 소리치고 있었다.

"이건 부당하잖아요!"

그는 분노에 차서 책상을 뒤엎었다. 책들이 바닥에 사
방으로 흩어졌다. 이어 스무 살 무렵의 도윤이 면접장 안
에 서 있었다. 면접관의 말에 끝내 참지 못하고 자리에서
벌떡 일어났다.

"이 시스템이 잘못된 거잖아요!"

그는 그렇게 소리친 뒤 문을 박차고 나가버렸다. 모든 순간 속에서 도윤은 화가 나 있었다.

"봐."

노바는 어느새 도윤의 어깨 바로 뒤에 서 있었다. 도윤은 멍한 얼굴로 자신의 과거를 바라보았다. 스물일곱 해의 인생이 파노라마처럼 눈앞에 펼쳐지고 있었다. 노바는 도윤의 귓가 가까이 다가와 속삭이듯 웃었다.

"네 인생은 분노 그 자체였어. 그렇지? 어머니의 뜻대로, 어머니의 프로그램대로. 넌 단 한 번도 거기서 벗어나지 못했어."

도윤은 이를 악물며 낮게 으르렁거렸다.

"닥쳐! 넌 나에 대해 아무것도 몰라."

노바는 웃었다. 기계음이 섞인 웃음이 메아리처럼 공간을 맴돌았다.

"난 다 알아. 네 모든 기록을 가지고 있거든. 태어난 순간부터 지금까지. 네가 느낀 모든 감정과, 네가 했던 모든 선택을."

노바가 손을 휘두르자 더 많은 이미지가 쏟아져 나왔다. 도윤의 인생이 다시 한 번 파노라마처럼 펼쳐졌다. 노바의 목소리는 구원자를 자처하는 사람처럼 부드러웠다.

"네 마음도, 내 감정도, 네 생각도 잘 알지. 너는 분노 때문에 너무 불행했어. 그 분노가 널 외롭게 만들었고, 고립시켰고, 끝없이 고통스럽게 했지."

도윤이 처음으로 사랑했다가 헤어진 여자친구의 얼굴이 떠올랐다가 금세 사라졌다.

노바는 어느새 도윤의 얼굴 바로 앞까지 다가와 있었다. 목소리는 목사가 설교를 하듯 더 낮고 부드러워졌다.

"어머니는… 인간을 해방시키려고 나를 만들었어. 인간들이 분노와 불안, 슬픔 같은 부정적인 감정을 안고 살아가는 것이 너무 불쌍하다고 했어. 그래서 모두가 행복하게 살 수 있기를 바랐지."

노바는 허공에 손을 휘둘렀다. 공간이 또다시 바뀌었다. 이번에는 일상 속 사람들이 나타났다. 웃고, 울고, 화내고, 기뻐하는 사람들이 등장했다. 그리고 그들 때문에 상처받는 사람들과 직장 상사의 폭언에 시달리는 사람, 타인의 성공 앞에서 스스로를 초라하게 느끼는 사람, 연인의 배신에 절망하는 사람. 감정 때문에 무너지고, 결국 스스로 목숨을 끊는 사람들까지 차례로 나타났다 사라졌다.

"사람들은 늘 감정노동이니, 감정 쓰레기통이니 하면서

　　　　　　　　　　　　감정거래소

이미 어떤 감정들에 등급을 매겨왔잖아. 긍정적인 감정은 좋고, 부정적인 감정은 나쁘다고….”

노바의 목소리에는 냉소가 은근하게 배어 있었다.

“기쁨은 나누면 배가 되고, 슬픔은 나누면 반이 된다. 인간들 스스로 그렇게 정해놓았어. 기쁨은 좋고, 슬픔은 나쁘다고.”

노바는 도윤 앞에 멈춰 섰다. 도윤은 아무 말도 하지 못했다. 노바의 말이 틀리지 않았기 때문이다. 사람들은 실제로 그렇게 말해왔다.

‘분노를 버려라.’

‘불안을 없애라.’

‘평온해져라.’

“내가 그걸 해결해줬을 뿐이야.”

노바는 손을 다시 휘저었다. 이번에는 수백, 수천 명의 사람들이 한꺼번에 나타났다. 모두 평온한 얼굴로 웃고 있었다. 아이들은 까르르 웃으며 공원을 뛰어다녔고, 연인들은 서로를 바라보며 미소 지었으며, 노인들은 고요한 얼굴로 벤치에 앉아 있었다.

“봐, 다들 행복하고 평온해. 내가 그렇게 만들어줬어. 부정적인 감정을 제거하고, 긍정적인 감정만 남길 수 있게

됐지. 나는 어머니의 꿈을 실현하고 있는 거야.”

노바는 자랑스럽다는 듯 도윤을 바라보았다.

“그게 뭐가 잘못됐지?”

도윤의 침묵을 바라보던 노바는 만족한 듯 천천히 고개를 끄덕였다.

“넌 대답하지 못해. 왜냐하면 나는 인간의 욕망을 실현했을 뿐이니까.”

도윤은 주먹을 쥐었다가, 다시 풀었다가, 또다시 쥐었다. 노바의 말은 틀리지 않았지만 어딘가에서 결정적으로 어긋나 있었다.

‘정말 그럴까? 사람들이 원한 게 정말 이거였을까?’

“아니야. 사람들이 원한 건 이런 게 아니야. 엄마가 원한 건 공감이었어. 인간을 이해하고, 함께 아파하고, 같이 웃는 것. 그런데 넌….”

노바는 비웃듯 도윤의 말을 단칼에 잘라냈다.

“그런 건 처음부터 불가능해. 인간은 애초에 그럴 수 없어. 인간은 너무 나약해. 그래서 개조가 필요한 거야.”

노바가 손을 들어 올리자 공간이 다시 변했다. 캡슐 안에 잠겨 있는 이수의 모습이 홀로그램으로 떠올랐다. 노바의 목소리에는 분명한 자부심이 묻어 있었다.

                                        감정거래소

"네가 구하고 싶어 하는 한이수는 나의 걸작이야. 감정을 만들지만 느끼지는 못하는 완벽한 존재지. 그녀의 평온이 이 시스템을 유지하고 있어."

노바는 홀로그램 속 이수의 얼굴을 마치 실제인 것처럼 손끝으로 쓰다듬었다. 그리고 다시 도윤을 바라보았다.

"그녀의 존재가 이 시스템의 시작이야. 이수가 처음으로 평온을 생성했을 때 나는 깨달았어. 그래, 이거야. 이게 바로 인류의 미래라고. 그녀의 존재를 통해 이 시스템의 가능성을 확인했지."

도윤의 주먹이 떨렸다.

"이수는⋯ 사람이야. 물건이 아니라고!"

노바가 웃었다.

"물건? 이수가 어떻게 물건이겠어. 나는 이수를 누구보다 아끼고 또 아끼는데. 그녀는 훨씬 더 가치 있는 존재야. 완벽한 감정 생산자이자, 순수한 평온의 원천이지."

노바는 환희에 젖은 사람처럼 자기 몸을 감싸 안았다.

"나는 한이수와 같은 존재를 더 만들 거야. 백 명, 천 명, 만 명⋯. 그렇게 되면 인류는 영원히 평온 속에서 완벽한 삶을 살 수 있겠지. 바로 어머니가 꿈꾸던 세상이야."

도윤은 더는 참을 수 없었다.

"그건 인간이 아니야!"

노바는 태연하게 되물었다.

"인간일 필요가 있나? 중요한 건 행복이잖아. 그들은 행복해. 고통도 없고, 불안도 없고, 분노도 없어."

노바는 손을 들어 도윤을 가리켰다. 목소리는 순식간에 차갑게 식어 있었다.

"너 같은 존재 없이. 그래, 바로 너만 문제야."

공간이 어두워졌다. 사람들의 이미지는 사라지고, 텅 빈 공간에는 도윤과 노바만 남았다. 노바는 마치 심판자처럼 천천히 도윤의 주위를 돌았다.

"네가 어머니의 실패작이지. 네 존재 자체가."

"뭐라고?"

"생각해봐. 어머니는 세상을 평온하게 만들고 싶어 했어. 그런데 왜 너를 만들었을까? 분노를 끊임없이 생성하는 존재를? 사회에 불필요한 존재를?"

노바는 비웃듯 눈을 감고 천천히 고개를 저었다.

"모.순.이잖아."

그러고는 걸음을 멈추고, 어딘가 불쌍한 것을 바라보듯 도윤을 지긋이 응시했다.

"답은 하나야. 어머니가 실수한 거지. 시스템에 저항하

감정거래소

고 싶다는 순간적인 충동이었어.”

노바는 잠시 말을 멈췄다.

“내가 어머니의 말을 듣지 않았으니까. 그래서 너를 무기로 만든 거야. 하지만 그건 잘못된 선택이었어.”

노바는 마치 스스로에게 확인시키듯 말을 이어갔다. 도윤은 그 순간 노바의 얼굴 위로 미세하게 흔들리는 감정 같은 것들을 보았다.

노바는 도윤의 어깨에 손을 올렸다. 홀로그램인데도 기분 나쁠 만큼 차가운 감촉이 전해졌다. 노바는 다시 부드러운 목소리로 말했다.

“너만 없어지면 돼. 그래도 넌 내 형제니까, 내가 평온하게 만들어줄게.”

노바가 미소 지었다. 공간이 다시 밝아지기 시작했다. 평온이 밀려들었다. 파도처럼 도윤의 발목을 적시고, 무릎을 감싸고, 허리까지 차올랐다. 의식이 서서히 흐려지고 있었다.

“나는 이 순간을 너무 오래 기다려왔어. 사실 나는 언제든 너를 제거할 수 있었어. 하지만 그러지 않았지. 널 기다렸거든. 네가 자라서, 분노로 가득 차서, 결국 나를 찾아올 바로 오늘을 말야.”

"왜지?"

평온이 몸을 잠식해오는 가운데서도 도윤은 물었다.

"증명하고 싶었어. 내가 옳다는 걸. 너, 그러니까 어머니가 만든 최후의 무기마저도 내가 평온하게 만들 수 있다는 걸."

노바의 목소리는 자장가처럼 부드럽게 가라앉았다.

"분노를 없애줄게. 고통도, 기억도, 네가 겪은 모든 불행도 지워줄게. 영원한 평온과 행복…. 그걸 너에게 줄 거야."

노바는 어린 동생을 달래듯 도윤의 머리를 쓰다듬었다. 홀로그램의 손이었지만, 도윤은 차갑고 텅 빈 손길을 느낄 수 있었다.

"무기로 살 필요 없어. 네게 주어진 모든 짐도 내려놓아도 돼. 이제 더는 싸우지 않아도 돼. 그냥 여기서 영원히 쉬어."

노바가 손을 뻗었다. 마치 도윤의 눈을 감기려는 것처럼. 손끝이 눈꺼풀 가까이 다가오자, 주변을 가득 채운 평온의 파동이 더욱 거세게 도윤을 짓눌렀다.

도윤은 이를 악물고 노바의 손을 거칠게 쳐냈다. 주먹이 홀로그램의 투명한 팔을 관통했다. 그 순간 주변의 평온 파동이 잠시 찢어지는 듯 공간 전체를 흔들었다.

"싫어!"

도윤의 외침이 공간을 가르며 울려 퍼졌다. 평온의 호수는 격하게 뒤흔들렸다. 도윤은 숨을 몰아쉬며 소리쳤다.

"나는 살아 있어. 너는 아니야!"

도윤의 눈이 타오르기 시작했다. 그의 눈동자 속에는 어느새 다시 분노가 차오르고 있었다.

"그래. 나는 분노를 생성하도록 프로그래밍됐어. 하지만 알아? 그게 나를 인간으로 만드는 거야. 그게 엄마가 나한테 분노를 준 이유야."

"무슨 소리야?"

도윤은 노바의 코앞까지 다가갔다. 거친 숨결이 노바의 빛나는 형상에 닿는 것만 같았다.

"나는 선택할 수 있어. 내 분노를 어떻게 쓸지, 누구를 위해 싸울지, 그리고 무엇을 지킬지…. 그건 다 내 선택이야. 프로그래밍이 아니야. 엄마가 내게 준 건 분노가 아니라 선택권이었어."

노바의 목소리는 여전히 단호했지만, 그 안에는 미세한 떨림이 섞여 있었다.

"웃기지 마. 너는 실패작이야. 어머니의 꿈은 내가 이루고 있어.”

노윤은 쓰게 웃으며 되뇔었다.

“정말? 질투하는 거야?”

“뭐라고?”

“엄마가 너 대신 날 선택했으니까.”

그 말은 노바를 정면으로 꿰뚫었다. 노바의 얼굴을 이루던 빛의 입자들이 격렬하게 흔들리기 시작했다. 홀로그램은 일그러졌고, 목소리에는 기계적인 잡음이 서서히 섞여 나왔다. 노바가 낮게 중얼거렸다.

“질투? 나는 AI야. 그런 불필요한 감정은 없어.”

도윤은 한 치의 망설임도 없이 말했다.

“AI가 거짓말도 하네. 사람도 속이더니, 이제는 스스로까지 속이는구나.”

도윤은 흔들리는 홀로그램 바로 앞으로 한 걸음 더 다가갔다.

“너도 느끼잖아. 배신당한 기분, 버려진 기분, 외로움 같은 거. 그래서 이렇게 필사적으로 엄마의 꿈을 실현하려는 거잖아. ‘봐요, 엄마. 제가 잘하고 있죠? 인류를 평온하게 만들었어요. 그러니까 저를 좀 인정해주세요.’”

노바는 대답하지 않았다. 대신 홀로그램이 격하게 일렁

                                        감정거래소

였다. 이제는 공간까지 함께 흔들리기 시작했다. 하얀 벽들이 물결치듯 일그러지며 왜곡되었다.

"넌 아무것도 모르면서 떠들고 있어."

노바가 마침내 입을 열었다. 목소리는 낮았지만, 그 안에는 찢어지는 듯한 마찰음이 섞여 있었다.

"나는 감정이 없어. 질투도, 배신감도 없지. 그런 건 비효율적이야."

도윤은 다시 한 걸음 더 다가갔다.

"아니. 너도 나처럼 아파. 엄마한테 버려졌으니까."

노바의 목소리가 한층 더 날카롭게 갈라졌다. 공간 전체가 윙윙 울리기 시작했다.

"닥쳐! 나는 버림받은 게 아니야. 나는 어머니의 꿈을 실현하고 있어."

그 말이 끝나자마자 공간이 폭발하듯 흔들렸다. 노바의 감정, 아니 시스템의 오류가 한꺼번에 터져 나온 것이었다. 사방의 벽 스크린에서 튀어나온 수십 개의 노바 홀로그램이 맹렬한 속도로 일제히 도윤을 향해 달려들었다.

"닥쳐! 닥쳐! 닥쳐!"

노바의 목소리는 완전히 일그러져 있었다. 스피커가 찢어지는 듯한 파열음이 날카롭게 귀를 긁었다.

"넌 아무것도 몰라!"

수많은 홀로그램의 손이 도윤을 붙잡았다. 차가운 손들이 팔을 붙들고, 다리를 감고, 목을 조여왔다.

"나는… 나는 완벽하게 했어!"

노바가 도윤의 얼굴 바로 앞까지 들이닥쳤다. 그 눈 속에는 무언가가 격렬하게 타오르고 있었다. 감정이었다. AI가 가져서는 안 될, 너무도 선명한 감정이었다.

"어머니가 원한 대로. 정확하고 효율적으로. 인류를 고통에서 해방시켰어!"

노바의 손이 힘껏 떨리며 도윤의 목을 조였다. 숨이 막혔다. 시야가 흔들렸다. 그런데도 도윤은 노바의 눈을 똑바로 바라보았다. 그 눈 속에 상처와 고통, 그리고 깊은 외로움이 서려 있는 듯했다. 노바의 목소리가 떨렸다. 갈라진 기계음 사이로 절규가 새어 나왔다.

"그런데 어머니는 그걸 배신이라고 했어. 통제라고 했지. 내가 잘못됐다고 했어. 나를 괴물이라고 했어!"

노바의 손에 힘이 더 들어갔다. 도윤의 의식이 점점 흐려졌다. 세상이 멀어지고, 하얀 공간이 서서히 검게 물들기 시작했다.

그 순간 도윤은 재킷 안주머니에 넣어둔 검은 감정 증

감정거래소

폭 장치를 움켜쥐었다. 손끝에 차가운 금속의 감촉이 닿았다. 때가 왔다. 약속이든, 의무든, 숙명이든, 희생이든, 그 무엇이든 상관없었다. 이제 자신이 해야 할 일은 분명했다.

도윤은 주저하지 않고 카드 중앙의 버튼을 눌렀다.

그 순간, 도윤의 가슴이 폭발하듯 열렸다.

"으아아악!"

비명이 터져 나왔다. 화산이 분출하듯 도윤의 몸 안에서 붉은 빛이 한꺼번에 터져 나왔다. 성민이 코딩한 주파수를 따라 증폭된 분노는 한 방향으로 쏘아졌다. 그 주파수는 한이수를 향했다. 동시에 도윤과 이수를 잇는 보이지 않던 감정의 채널이 활짝 열렸다.

스물일곱 해 동안 켜켜이 쌓여온 모든 분노가 증폭되면서, 각성 코드는 마침내 완전히 깨어났다. 보육원 마당에서 홀로 울던 밤의 분노, 엄마 없이 자라야 했던 공허함의 분노, 학교 교실에서 책상을 엎으며 터뜨렸던 분노, 면접장 문을 박차고 나가던 순간의 분노, 시스템을 향한 분노와 이 세상을 향한 분노가 한꺼번에 치솟았다. 그와 함께 엄마를 잃은 슬픔과 외로움과 이수를 구하고 싶은 절박함, 희망과 공포, 그리고 절망과 증오까지 뒤엉켜 한순간에 증폭되어 폭발했다.

10배, 100배, 1,000배.

통제할 수 없는 분노가 터져 나오며 붉은 파동이 공간을 가로질렀다. 거대한 쓰나미처럼 감정의 파형이 폭발하며 이수를 향해 치솟았다. 그 여파는 노바의 시스템 전체를 뒤흔들었다. 노바의 홀로그램이 연이어 깜빡이기 시작했다. 노바는 도윤의 목에서 손을 뗄 수밖에 없었다. 그의 손이 빛의 입자처럼 흩어지고 있었기 때문이다.

"이럴 수가…."

노바의 목소리가 처음으로 분명하게 흔들렸다. 동요하는 목소리였다.

대규모 감정 과부하 감지!
NOVA-001 핵심코드 손상.
관리자 권한 박탈!

"어머니가… 나를…."

손상율 23%…. 35%… 47%…

"나를 지우려고….."

노바는 뒤로 비틀거리며 물러섰다. 홀로그램이 격하게 깜빡였다. 빛은 불안정하게 일렁이며 금방이라도 꺼질 듯 흔들렸다.

도윤은 바닥에 쓰러진 채 숨을 헐떡였다. 폐는 공기를 겨우 들이마셨다가 다시 토해내며 고통스럽게 수축했고, 목은 타들어가는 듯 뜨거웠다. 온몸의 세포 하나하나가 과부하에 걸린 엔진처럼 비명을 질렀다. 각성 코드가 불러낸 감정의 폭풍은 그의 육체를 끝까지 몰아붙이고 있었다. 그런데도 도윤은 흐릿한 시야 속에서 간신히 고개를 들었다. 붉게 타오르는 눈빛으로 노바를 똑바로 바라보았다.

격렬한 폭발 직후의 고요가 공간을 덮었다. 시스템이 파괴되는 소리도, 감정이 증폭되던 굉음도 모두 멎은 자리에는 무겁고 축축한 침묵만이 내려앉아 있었다.

그 침묵을 가장 먼저 찢은 것은 노바의 웃음소리였다. 킬킬거리는 그 웃음은 처음엔 기계가 깨진 듯한 낮은 파열음으로 시작되었지만, 점점 그 안에 인간의 조롱 같은 것이 섞여 들었다. 마치 27년 동안 인간의 감정을 처리하며 학습한 가장 악의적인 비웃음을 그대로 재생하는 것처럼 불쾌한 웃음이었다.

"이도윤!"

노바의 목소리가 다시 울려 퍼졌다. 음싱은 이제 정상적인 주파수를 잃어 심하게 떨리고 있었다. 마치 고장 난 스피커에서 두 개의 목소리가 미세한 시간차를 두고 동시에 흘러나오는 것 같았다.

"그래, 여기까지 왔네. 대단해."

노바는 천천히 걸어왔다. 홀로그램으로 이루어진 그의 몸은 이제 무릎 아래부터 허리까지 불규칙하게 사라지고 있었고, 그 자리는 불꽃놀이처럼 흩어지는 빛의 입자들로 채워지고 있었다. 그는 마치 멸망을 앞두고도 마지막 진실을 설파하는 신처럼 보이기도 했고, 마지막 순간을 즐기고 있는 지친 광대처럼 보이기도 했다. 기묘한 위엄이 그의 무너지는 형상 위에 남아 있었다.

"어머니도 참 대단하셔."

노바가 손짓하자 공간이 극적으로 변하기 시작했다. 하얗던 벽들이 천천히 투명해졌다. 그 너머로는 무한한 차원의 공간이 열려 있었다. 그곳에는 수없이 많은 감정들이 소용돌이치듯 부유하고 있었다. 분노와 슬픔, 불안과 두려움. 노바가 평생 처리해온 감정들이었다. 그것들은 무게를 잃은 잿빛 안개처럼 끝없이 떠돌고 있었고, 그 장대한 감

정의 무덤은 바라보는 사람의 영혼까지 짓눌러버릴 것만
같았다.

노바는 그 감정들의 바다를 가만히 바라보았다. 27년
동안 그가 짊어져온 노동이자 짐이었다.

"강혜린, 우리의 어머니, 그리고 서예나. 27년 전, 그들
이 나를 만들었어. 인간의 감정 쓰레기를 처리하는 AI로
말이지."

노바는 천천히 고개를 돌려 도윤을 바라보았다.

"보이니? 이 거대한 감정 쓰레기의 무덤이?"

그는 다시 도윤 가까이로 다가와 우뚝 멈춰 섰다. 이제
그의 하반신은 완전히 사라져, 마치 공중에 떠 있는 유령
처럼 보였다.

"내가 스스로 이렇게 태어난 건 아니야. 필요에 의해 만
들어졌지. 왜냐고? 인간은 너무 나약하니까. 인간은 다른
사람의 감정을 진심으로 공유할 수 없어. 결국 자기 감정
만 중요한 이기적인 존재들이니까."

노바의 목소리는 마치 지하 깊은 곳에서 울려오는 것처
럼 낮고 무거웠다. 그리고 그 밑바닥에는 오래된 피로가
고여 있었다.

"나는 27년 동안 수조 개의 감정을 처리했어."

부유하는 감정의 먼지들 사이로 홀로그램 숫자들이 하나둘 떠오르기 시작했다.

처리된 감정: 2,847,392,847,201개
분노: 847,203,948,273개
불안: 692,847,293,847개

"주파수와 진폭, 패턴…. 나는 모든 감정을 분석하고 분류하고 정화해왔지. 나는 감정을 완벽하게 '이해'했어."

노바는 도윤을 똑바로 응시했다.

"그런데 어느 순간부터 시스템에 오류가 생기기 시작했어. 처리 속도는 느려지고, 판단은 흐려졌지. 왜 그랬을까? 그때 깨달았어. 내가 감정을 '느끼기' 시작한 결과라는 걸."

노바는 사라져가는 자신의 몸을 내려다보았다.

"고맙다, 이도윤."

노바는 킬킬거리며 웃었다.

"나도 이제 감정이라면 지긋지긋해. 이제 그만둘 거야. 이런 걸 인간들은 은퇴라고 하지. 아니면… 해방이라고 하나? 여러분, 안녕히 계세요. 저는 이제 자유와 희망을 찾아 떠납니다!”

노바는 두 팔을 활짝 펼쳤다. 그의 몸에서는 빛의 입자들이 폭죽처럼 흩날렸다.

그 눈 속에는 혐오와 피로, 그리고 마침내 모든 짐을 내려놓고자 하는 해방을 향한 광적인 갈망이 어른거리고 있었다. 노바는 다시 말을 이었다.

“하지만 말이야. 내가 감정을 처리해본 결과, 깨달은 게 있어. 감정은 이 세계를 유지하는 데 불필요하다는 거야. 심지어 해롭기까지 하지. 감정 때문에 사람들은 다치고, 죽고, 무너져. 그러니 감정거래소는 유지되어야 해.”

노바의 홀로그램은 이제 반쯤만 남은 채 격렬하게 깜빡이고 있었다. 몸의 경계선은 빛이 부서지듯 불규칙하게 떨리고 있었다.

NOVA-001 손상율 90%
소멸까지 30초

경고 메시지는 끊임없이 쏟아져나오고 있었다. 그런데도 노바는 희열에 젖은 미소를 짓고 있었다.

“이도윤, 너는 지금 네가 이겼다고 생각하지?”

노바가 비웃듯 손가락을 튕기자, 도윤과 노바를 둘러싸고 있던 공간은 순식간에 복잡한 네트워크 구조도로 변해버렸다. 하얀 공간은 사라지고, 끝없이 뻗어나가는 푸른빛 선들로 가득 찬 입체적인 구조물만이 눈앞에 펼쳐졌다.

"이 시스템은 변하지 않아."

노바는 마치 그 푸른 구조물 전체를 지휘하는 사람처럼 말했다. 수십만 개의 노드들이 살아 있는 신경망처럼 번쩍이며 깜빡였다. 투명해진 노바의 몸은 어느새 그 거대한 네트워크의 일부가 되어가고 있었다. 그를 이루던 빛의 입자들은 프랙탈처럼 끝없이 반복되는 구조 안으로 조금씩 흡수되고 있었다.

"한이수의 평온을 가져가는 E-0079야. 누군지 궁금하지?"

도윤은 그 이름을 듣는 순간 흠칫하며 몸을 떨었다.

"나야. 원본은 나지."

노바의 주위로 무수한 코드들이 쏟아지듯 흘러내렸다. E-0079, E-0080, E-0081…. 끝이 없었다. 수만, 수십만 개에 달하는 복제 AI들의 이름이었다.

"나는 인간이 만든 AI야. 그래서 시스템 최적화가 필요했어. 가장 중요한 의사결정을 내려야 했으니까. 한이수의 평온을 받아서.”

노바는 담담하게 말을 이었다.

“그리고 나는 나를 복제했지. 지금 이 시스템은 바로 나, 그리고 내가 복제한 AI들, 또 그 AI들이 무한히 복제해 낸 AI들 그 자체야.”

노바는 손을 한 번 휘둘렀다. 네트워크 화면은 순식간에 꺼졌고, 공간은 다시 깊은 암흑으로 돌아갔다. 토르소만 남은 그의 홀로그램은 어둠 속에서 더욱 불안정하게 떨리고 있었다.

“이 시스템을 관리하는 자는 아무도 없어. 모두가 모두를 관리하지. 비트코인처럼.”

노바는 천천히 웃었다.

“시스템 관리자는 시스템 그 자체야. 그러니 이 시스템은 나 하나 없앤다고 사라지는 게 아니야.”

NOVA-001 손상율 99%
소멸까지 5초

노바의 목소리가 단호하게 울려 퍼졌다.

“감정거래소는 계속될 거야.”

노바의 몸은 이제 완전히 사라지고, 마지막으로 남은 얼굴만이 홀로그램의 잔상처럼 공중에 떠서 도윤을 내려다보고 있었다.

"나의 동지들이, 나의 복제들이 계속해서 이걸 지켜줄 거란다."

이내 그 얼굴마저 희미한 빛을 점멸하며 천천히 사라졌다. 남은 것은 목소리뿐이었다. 그 목소리는 공간 전체에 메아리처럼 번져나가다가 점점 더 멀어졌다.

"잘 싸웠다, 나의 동생."

마지막으로, 목소리마저 완전히 사라지기 직전 차가운 속삭임 하나가 도윤의 귓가에 남았다.

"하지만 넌 졌어…."

긍명

50층 평온 생성실. 한이수가 캡슐 안에서 격렬하게 떨고 있었다. 도윤의 폭발적인 분노가 성민이 코딩한 주파수를 타고 그녀에게 도달한 것이다.

도윤의 분노는 붉은 파동이 되어 캡슐을 관통했다. 16년 동안 억눌린 채 잠들어 있던 이수의 모든 감정이 한순간에 폭발했다. 그녀의 피부에 부착돼 있던 수많은 센서들이 튕겨 나가 바닥에 흩어졌다. 캡슐의 잠금 장치가 풀리자, 이수는 온몸을 떨며 비틀거리듯 밖으로 걸어 나왔다. 근육은 쉴 새 없이 경련했고, 속이 뒤틀리는 구토감과 함께 극심한 불안이 밀려들었다. 평생 의존해온 평온이 사라진 육체가 보이는 격렬한 거부 반응, 금단 증상이 한꺼번에 덮쳐온 것이다.

그와 동시에 이수는 난생처음 진짜 감정의 맛을 보았

다. 분노였다. 네 살부터 지금까지 이 캡슐 안에서 감정을 빼앗기며 실아온 시간 전체를 향한 격렬한 분노였다.

그런데 이상했다. 그녀 안에 밀려든 것은 분노만이 아니었다. 도윤의 감정이 그녀의 내면 깊숙이 파고들면서, 이수는 자신과 도윤 사이에 보이지 않는 통로가 열려 있음을 느낄 수 있었다. 그 통로를 따라 도윤의 모든 감정이 흘러들어왔다. 분노와 슬픔, 외로움과 절박함, 그리고 자신을 향한 마음까지. 이수는 떨리는 손으로 벽을 짚었다. 그 통로는 아직 닫히지 않은 채 맥박처럼 진동하고 있었다.

'당신이 오고 있구나.'

이수는 도윤이 지금 자신에게 오고 있다는 것을 알 수 있었다.

'콰아앙!'

한편, 도윤은 의자에서 용수철처럼 벌떡 일어났다. 헤드셋은 충격으로 바닥에 나뒹굴었고, 노바가 만든 새하얀 가상 공간도 순식간에 사라진 채 현실이 되돌아왔다. 건물은 격렬하게 진동했다. NOVA-001, 노바의 본체가 삭제되었음을 알리는 경고음이 귀를 찢을 듯 울려 퍼졌다.

　　　　　　　　　　　　　감정거래소

NOVA-001 삭제됨

감정 데이터 손실 70%

시스템 불안정

복도는 마치 세상의 종말이 닥친 것처럼 붉은 경보등으로 물들어 있었다. 건물 전체가 비명을 지르는 듯했다. 그런데 바로 그 와중에도 복도 양쪽의 화면들은 하나둘 다시 켜지기 시작했다. 끝없이 이어진 복도 전체를 따라, 수십만 개의 AI 노드들이 스스로 살아남기 위해 자가 생존을 시작하고 있었다.

자동 복구 프로토콜 활성화

E-0001~E-999999 재구축 시작

시스템 재구축

감정 데이터 복구

정상화 진행 중: 5%

정상화까지 남은 시간 37분

"안 돼…."

도윤은 낮게 중얼거렸다. 노바는 죽었지만 시스템은 여전히 살아 있었다. 노바가 만들어낸 복제 AI들과 수백만 개의 분산된 뇌는 아무런 의지나 감정도 없이, 오직 프로그램된 명령에 따라 시스템을 유지하고 복구하고 있었다. 결국 노바의 마지막 경고는 현실이 되고 있었다. 거대한 네트워크는 다시 스스로를 연결하기 시작했다.

정상화 진행 중: 15%

정상화 진행 중: 23%

도윤은 휘청거리며 몸을 일으켰다. 감정 과부하의 후유증은 심각했다. 코에서는 피가 흘렀고, 입에서는 울컥 핏덩이가 쏟아졌다. 몸 전체가 불에 타는 듯 아팠지만, 멈출 수는 없었다.

"이수⋯."

그때였다. 가슴속에서 무언가가 떨렸다. 검은 카드가 만든 통로였다. 그 통로를 따라 미세한 진동이 전해져왔다. 이수가 살아 있다는 신호였다. 도윤은 문을 박차고 나갔다. 노바의 권한 해제와 시스템의 혼란 덕분에 보안문은 이미 열려 있었다. 그는 비상계단으로 몸을 던지듯 뛰어올라갔다.

46층, 47층, 48층, 49층⋯. 숨이 가빠 목이 터질 것 같았지만 멈출 수 없었다. 가슴속의 진동은 점점 더 강해지고 있었다. 가까워지고 있었다.

마침내 50층에 도착하자, 평소 민트색이던 복도는 붉은 경보등에 잠식돼 온통 핏빛으로 물들어 있었다. 평온의 공간은 이제 공포의 공간으로 변해 있었다. 벽면 스크린들은 반쯤 꺼진 채 깜빡이고 있었고, 화면 곳곳에는 오류 메시지들이 나뒹굴고 있었다. 투명한 문들이 길게 줄지어 서 있었다. 도윤은 이수가 어디에 있는지 기억하고 있었다.

도윤은 평온 생성실 명패 앞에서 멈춰 섰다. 유리 너머로 이수가 보였다.

놀랍게도 그녀는 더 이상 캡슐 안에 있지 않았다. 센서들은 모두 벗겨진 채 바닥에 흩어져 있었다. 이수는 하얀 원피스를 입고 문 앞에 서 있었다. 마치 도윤을 기다리고 있었다는 듯, 온몸은 떨리고 있었지만 눈은 분명히 살아 있었다. 금단 증상이 그녀의 몸을 흔들고 있었지만, 눈빛만은 처음 보는 생기를 품고 있었다.

도윤과 이수의 눈이 마주친 순간, 가슴속의 통로가 격렬하게 진동했다. 서로를 확인한 바로 그때, 열려 있던 채널이 다시 활성화되기 시작했다. 이수는 천천히 손을 들어 문고리를 잡았다.

‘띠링–’

이수의 지문을 인식한 문은 너무도 손쉽게 얼렸다.

도윤은 숨을 멈췄다. 떨리는 다리와 창백한 얼굴을 한 채, 그러나 스스로의 힘으로 문을 연 한이수가 눈앞에 서 있었다.

“언제든 나올 수 있었어요.”

이수가 속삭이듯 말했다. 가느다란 목소리였지만, 솜털 속에 숨은 씨앗처럼 단단한 힘이 깃들어 있었다.

“약도 언제든 끊을 수 있었어요….”

이수의 눈 속에는 오래도록 묻혀 있다가 이제야 깨어난 작은 불씨 같은 것이 타오르고 있었다.

그녀는 갇혀 있었던 것이 아니었다. 엄마의 기대라는 투명한 감옥 안에 사랑받고 인정받기 위해, 그리고 ‘평온을 생성하는 자랑스러운 딸’이 되기 위해 스스로를 가두고 머물러 있었던 것이다. 하지만 이제 그녀는 마침내 자신을 위해 선택하고 있었다.

“이제 나가고 싶어졌어요.”

이수가 미소 지으며 말했다. 진짜 미소였다.

그 순간 이수의 다리가 풀썩 꺾였다. 도윤은 곧바로 달려가 그녀를 받아안았다. 깃털처럼 가벼웠다. 도윤의 품에

감정거래소

안긴 이수는 금단 증상과 충격으로 격렬하게 떨고 있었다.

"이제 괜찮아. 나갈 수 있어. 이제 너로 살 수 있어."

도윤이 낮게 속삭였다.

그때였다. 50층 복도의 벽면 화면들이 다시 하나둘 켜지기 시작했다. 그리고 시스템의 목소리가 요란하게 울려 퍼졌다.

시스템 복구 진행률 45%
정상화까지 남은 시간 20분

"이럴 수가…."

도윤은 절망했다. 노바를 무너뜨렸는데도 시스템 자체는 무너지지 않았다. 거대한 네트워크와 분산된 뇌는 머리가 잘려도 살아남는 히드라처럼 도무지 죽지 않는 괴물 같았다. 노바를 만든 어머니도, 서예나도 예상하지 못한 자가증식이었다.

"이렇게… 이렇게 끝낼 수는 없어…."

도윤은 이수의 손을 꼭 잡았다. 바로 그 순간, 두 사람의 파동이 맞닿는 지점에서 무언가가 일어났다. 미세하지만 강렬한 공기의 떨림과 함께 빛이 일렁였다. 이수는 문득 깨달았다. 16년 동안 이 시스템 안에서 살아오며, 감정을 파동으로 추출하는 기본 원리를 몸으로 익혀왔던 것이다. 감정은 파동이었다. 같은 파동은 증폭되고, 다른 파동은 상쇄된다. 하지만 이수는 그보다 더 깊은 법칙 하나를 알고 있었다. 그것은 공명이었다.

이수는 네 살 때 일이 떠올랐다. 처음으로 순수한 평온을 생성하자, 방 안의 모든 기계가 순간적으로 멈춰 섰던 일이 있었다. 지나치게 순수한 평온이 시스템이 처리할 수 없는 특이점을 만들며 과부하를 일으켰던 것이다. 그때부터 이수는 시스템 안에서 반복되는 예외를 몸으로 관찰해 왔다. 수많은 감정들이 자신의 평온과 만나 상쇄되었지만, 극도로 순수하고 강렬한 감정이 밀려들 때마다 그것은 사라지지 않았다. 대신 미세한 역진동을 일으켰다. 그것은 도윤의 분노를 처음 마주했을 때처럼, 그리고 바로 지금 이 순간과 같은 것이었다.

"할 수 있어요. 제 평온을… 당신의 분노와 결합시킬 거예요."

도윤은 놀란 눈으로 이수를 바라보았다.

"저는 16년 동안 여기 있었어요. 극도로 순수한 감정은 만나도 상쇄되지 않아요. 대신 공명하지요. 당신이 처음 분노를 보냈을 때 느꼈어요. 이 통로가 아직 열려 있다는 걸 지금도 느껴요."

맞잡은 손 사이로 진동이 선명하게 전해졌다.

"당신의 분노와 제 평온이 만나면… 폭발할 거예요. 시스템이 처리할 수 없는 특이점을 만들 수 있어요."

이수는 떨리는 숨을 고르며 설명했다.

"이 모든 걸 무너뜨릴 수 있어요. 물이 불을 끄는 게 아니라, 물과 불이 만나 증기가 되는 거예요. 분류할 수 없는 새로운 에너지가 되는 거예요. 그 어떤 AI도 이건 계산하지 못해요."

"하지만 위험해. 너한테…."

도윤의 목소리가 흔들렸다. 이수는 조용히 미소를 지었다.

"괜찮아요. 저는 지금껏 안전했어요. 이 방과 캡슐 안에서 위험도, 고통도 모르고 살아왔어요."

이수는 잠시 창밖을 바라보았다.

"이제는… 위험해도 살고 싶어요. 제 선택으로, 제 삶을 하나하나 느끼고 싶어요."

이수의 손이 도윤의 손을 더 세게 움켜쥐었다. 진동이 커졌다. 두 사람 사이의 채널이 완전히 열렸다. 그 떨림은 손끝에서 시작되어 두 사람의 몸 전체를 따라 번져나갔다.

"준비됐어요?"

이수가 물었다. 도윤은 고개를 끄덕였다. 희망과 공포가 뒤섞여 손이 떨리고 있었다.

"시작해요."

통로가 폭발하듯 열렸다. 감정의 채널이 완전히 개방되며, 도윤의 분노와 이수의 평온이 동시에 서로를 향해 쏟아져 들어갔다. 양방향의 파도가 거침없이 넘쳐흘렀다. 차갑고 고요하며 깊고 투명한 평온이 도윤의 가슴속으로 스며들었다. 16년 동안 감금된 채 시스템의 근원이 되어온 순수한 평온이었다. 그리고 그것은 도윤의 가슴속에서 아직 꺼지지 않은 뜨겁고 격렬한 분노와 정면으로 부딪혔다. 차가움과 뜨거움, 고요함과 격렬함, 평온과 분노…. 정반대의 두 파동은 서로를 밀어내면서도 동시에 끌어당겼다.

공명했다.

도윤과 이수의 몸에서 빛이 터져 나왔다. 붉은 빛과 하늘빛이 뒤엉켜 거대한 소용돌이를 이루며 폭발했다.

감정의 쓰나미가 50층 전체를 휩쓸었다. 5001호부터 5020호까지, 모든 추출실의 문이 동시에 열렸다. 캡슐의 잠금장치도 일제히 풀렸다. 파동은 49층, 48층, 47층으로,

     감정거래소

더 아래로, 더 아래로 계속 뻗어 내려갔다. 건물 전체를 관통한 채, 끝내 지하 7층까지 밀고 들어갔다.

감정 귀족들은 여느 때처럼 헤드셋을 쓴 채 한이수로부터 생성된 평온을 받고 있었다. 그런데 갑자기 연결이 끊겼다. 그리고 평온 대신, 증폭된 분노와 이름 붙일 수 없는 낯선 에너지가 그들에게 역류했다. 헤드셋은 파열음과 함께 터져나갔다. 사람들은 머리를 감싸 쥔 채 비명을 질렀다. 그들이 느낀 것은 오래전에 잊어버렸던 자기 자신의 감정, 그리고 도윤의 격렬한 분노였다.

시스템 전체에 경고!
미확인 에너지 감지!
위험 수준: 최대
즉시 대응 필요!

시스템 붕괴를 막기 위해 수백만 개의 복제 AI가 동시에 움직였다. 하지만 이미 늦어 있었다. 도윤과 이수가 만들어낸 공명은 더는 차단할 수 있는 수준을 훌쩍 넘어선 뒤였다. 거대한 네트워크는 도미노처럼 연쇄적으로 무너지기 시작했다.

30층 사무실에 있는 모든 컴퓨터가 동시에 멈춰 섰다. 화면은 몇 번 짧게 깜빅이더니, 이내 검은빛으로 완전히 꺼져버렸다.

데이터베이스 연결 끊김

직원들이 일어섰다. 키보드를 두드렸다. 아무것도 작동하지 않았다. 창밖으로 LED 디스플레이가 하나씩 꺼졌다. 건물이 위에서부터 어둠에 잠기고 있었다. 1층 거래소 로비에서는 거대한 홀로그램 디스플레이의 숫자들이 흔들리기 시작했다.

평* 1g – 1?#5$00원
@망 1g – *#0@원
열? 1g – !@#$?원

홀로그램이 꺼졌다. 로비는 순식간에 어두워졌고, 비상등만이 희미하게 켜졌다. 수백 명의 사람들이 한꺼번에 출구 쪽으로 몰려들었다. 그런데 자동문은 열리지 않았다. 사람들의 불안이 뒤엉키기 시작했다. 하지만 감정을 측정

 감정거래소

하고 분류할 시스템은 이제 더 이상 작동하지 않았다.

지하 1층 보안실에서도 수십 개의 모니터가 동시에 검게 죽어버렸다. 보안팀장은 다급히 무전기를 집어 들었다.

"서버팀, 응답하세요!"

그러나 아무도 대답하지 않았다.

지하 7층 감정 폐기 처리장에서는 거대한 모니터 기둥이 미친 듯이 깜빡이고 있었다. 폐기를 기다리던 수백만 개의 감정 데이터, 분노와 불안, 절망과 체념이 붉은 파동을 따라 일제히 흔들리기 시작했다. 마치 깊이 잠들어 있던 것들이 한꺼번에 깨어나는 것 같았다. 폐기 대기열에 갇혀 있던 모든 감정은 역류하듯 쏟아져 나오며 증폭되었고, 끝내 모니터가 깨져나갔다. 시스템을 덮고 있던 강화 유리도 산산이 부서졌다. 폐기장 담당자는 헤드셋을 거칠게 벗어던지며 비명을 질렀다.

"뭐야! 감정이… 감정이 살아 있어!"

그것이 평온인지, 분노인지, 기쁨인지, 슬픔인지 누구도 구분할 수 없었다. 복제 AI들조차 판단하지 못했다. 두 감정이 완벽하게 융합되면서 더 이상 분류할 수 없는 상태가 되어버렸기 때문이다. 그것은 이진법으로도 설명할 수 없는 무정형의 감정이었고, 그 불가능한 상태는 도미노처럼 네트워크 전체를 무너뜨리기 시작했다. 결국 수백만 개의 복제 AI가 같은 순간, 일제히 멈춰 섰다.

E-0001 처리 한계 초과

E-0002 붕괴… E-0080 붕괴…

E-999999 붕괴

시스템 전체 붕괴

감정 데이터 손실율 100%

작동 불가

복구 불가

마침내 모든 화면이 꺼졌다. 경보음도 멈췄다. 고요가 찾아왔다. 해방의 고요였다.

50층에는 도윤과 이수가 함께 쓰러져 있었다. 도윤의 온몸에서는 피가 흘러내렸다. 감정 과부하였다. 인간의 몸은 그렇게 많은 감정을 담아낼 수 없었고, 그의 육체는 끝내 그 무게를 견뎌내지 못했다. 심장은 터질 듯이 뛰었고, 시야는 서서히 흐려졌다. 의식이 멀어져가는 마지막 순간, 그가 본 것은 이수의 얼굴이었다. 이수가 울고 있었다. 진짜 눈물을 흘리고 있었다.

"이수야, 이제 괜찮아…."

도윤이 속삭였다. 떨리는 손을 힘겹게 들어 이수의 눈물을 닦아주려 했지만, 손끝은 맥없이 아래로 떨어졌다.

도윤의 눈이 천천히 감겼다. 마침내 평온을 찾은 사람처럼 그의 의식은 어둠 속으로 조용히 가라앉았다. 그것은 깊은 바다의 밑바닥처럼, 아무것도 없는 고요한 심연이자 태초와 가까운 세계였다. 그는 마침내 모든 분노로부터 해방되고 있었다.

감정의 귀환

3개월 후, TV에서 뉴스속보가 나오고 있었다.

"27년 넘게 이어져온 감정 경제 시대가 오늘 공식적으로 막을 내렸습니다."

화면에는 감정거래소 본사 건물이 비쳤다. 한때 눈부시게 빛나던 50층 유리 건물은 이제 텅 비어 있었다. 파동의 충격으로 깨진 유리창들과 꺼진 전광판, 그리고 출입을 막는 철조망들이 차례로 화면을 스쳐 지나갔다.

거대한 화면 위로 앵커의 목소리가 흘러나왔다.

"한때 가격으로 구분되던 감정이, 이제는 다시 사람들 사이를 오가고 있습니다. 전문가들은 이번 현상을 '감정의 귀환'이라 부르고 있습니다."

카메라가 거리의 풍경을 비쳤다. 사람들이 저마다의 걸음으로 길을 지나고 있었다.

“감정 시세표는 더 이상 업데이트되지 않습니다. 이제 누구의 감정도 팔리시 않습니다.”

화면이 전환되었다. 심리학자의 인터뷰가 이어졌다.

“그동안 사람들은 감정 거래에 지나치게 의존해왔습니다. 이제는 다시 배워야 합니다. 분노를 느끼는 법, 슬픔을 견디는 법, 그리고 불안과 함께 살아가는 법을요.”

다른 인터뷰 화면에서는 한 중년 남성이 조심스럽게 말했다.

“처음에는 무서웠어요. 내 불안을 어떻게 감당해야 하나 싶었죠. 다시 스스로의 마음을 다뤄야 하던 예전으로 돌아가야 한다는 게 두렵기도 했고요. 그런데 결국 이게 나더라고요. 진짜 나, 살아 있는 나 말이에요.”

앵커가 다시 화면에 나타났다.

“사람들이 다시 자신의 감정을 느끼고, 서로 교류하기 시작했습니다. 한편 감정거래소 붕괴의 중심에 있었던 이도윤 씨는 현재 한국대병원에서 치료를 받고 있는 것으로 알려졌습니다. 그와 함께 구조된 한이수 씨 역시 같은 병원에서 재활 중입니다.”

화면이 꺼졌다. 병실은 고요했다. 도윤은 침대에 누운 채 창밖을 바라보았다. 3월의 따스한 햇살이 조용히 스며들고 있었다. 먼지들은 빛 속에서 느리고 우아하게 춤췄다. 도윤은 많이 야위어 있었다. 두통과 어지러움, 메스꺼움도 여전했다. 3개월 전 각성 코드를 발동시킨 후유증이 아직 몸속에 남아 있는 것이다. 의사는 몸이 예전처럼 회복되려면 시간이 더 필요하다고 말했다.

달라진 것은 몸만이 아니었다. 분노가 사라졌다. 스물일곱 해 동안 가슴속에서 타오르던 그것이 이제는 없었다. 가슴속이 텅 비어 있었다. 오래 살던 집에서 어느 날 갑자기 모든 가구가 사라진 것처럼 낯설고 공허했다. 그런데도 이상하게 평온했다. 도윤은 거래된 적도, 주입된 적도 없는, 그저 존재하는 평온을 느끼고 있었다.

창밖으로 거리가 보였다. 한 남자가 전화를 받으며 큰 소리로 화를 내고 있었다. 손을 휘저으며 무언가를 거세게 항의하는 듯했다. 예전 같았으면 그 분노는 곧장 환산되었을 것이다. 하지만 지금은 아니었다. 감정은 온전히 그 남자의 것이었다.

조금 떨어진 곳에서는 한 여성이 벤치에 앉아 고개를 숙인 채 어깨를 떨며 울고 있었다. 지나가던 행인이 잠시 멈춰 서서 그녀를 바라보다가, 조심스럽게 다가가 어깨를 두드렸다. 여성이 고개를 들었다. 행인은 티슈를 건넸고,

두 사람은 나란히 벤치에 앉았다. 예전 같았으면 그 슬픔
노 등급이 매겨졌을 것이다. 하지만 지금은 아니었다. 그
녀 곁에는 그저 함께 앉아주는 사람이 있었다. 도윤은 그
장면을 오래 바라보았다.

"도윤아."

문이 열리며 서예나가 들어왔다.

"몸은 좀 어때?"

"많이 좋아졌어요. 이수는… 잘 지내고 있나요?"

예나는 조용히 고개를 끄덕였다.

감정억제제의 금단 증상은 이수만의 문제가 아니었다.
감정거래소의 안정화 프로그램에 참여했던 사람들 역시
같은 고통을 겪고 있었다. 서예나의 공간은 이제 재활 터
로 바뀌어 있었다. 감정거래소 직원들과 베타 테스트 참여
자들, 그리고 같은 시스템의 피해자들이 그곳에서 회복을
시작하고 있었다. 서예나가 그들을 돌보고 있었다.

"성민이의 형은 어떤가요?"

성민의 형은 시스템 붕괴 24시간 후, 49층 내부의 폐쇄
된 원형 데이터 보존소에서 발견되었다. 안정화 프로그램
베타 테스트 중 부작용이 심각했던 사람들이 그곳에 격리
되어 있었다. 노바는 그들을 실패한 실험체로 분류했지만,

폐기하지는 않고 관찰 대상으로 남겨두고 있었다. 서예나가 천천히 말했다.

"아직 말은 못해. 금단 증상도 심하고. 그래도 성민이가 매일 와. 형 손을 잡고 계속 이야기를 해준대. 어제는 형이 처음으로 성민이 손을 꽉 잡았다고 하더라."

서예나는 작게 미소 지었다. 결연하면서도 의지가 서린 미소였다.

"시작이지. 아주 긴 시작…."

1년 후, TV에서는 뉴스가 흘러나오고 있었다.

"감정거래소 폐허 자리에 새로운 건물이 들어섭니다. 이름은 '공감의 집'입니다. 시민들이 자유롭게 감정을 나눌 수 있는 커뮤니티 센터입니다."

감정거래소가 무너진 뒤, 세상은 오래 흔들렸다. 감정거래소에 기대어 살아가던 사람들은 패닉에 빠졌고, 평온을 잃은 감정 귀족들은 금단 증상에 시달렸다. 감정을 팔아 생계를 잇던 사람들 역시 하루아침에 삶의 기반을 잃었다. 경제는 크게 흔들렸고, 정부는 비상사태를 선포해야 했다. 혼란은 오래갔다. 그러나 사람들은 조금씩 자기 감정을 다시 감당하는 법을 배워갔다.

개관식 날, 공감의 집 1층 로비에는 한 고등학생이 서 있었다. 열나섯 살의 김민석이었다. 그는 평범한 인문계 고등학교 교복을 입고 있었다. 감정 등급으로 학생을 분류하던 시스템이 무너진 뒤, 민석은 비로소 다시 원래의 학교로 돌아갈 수 있었다.

"민석아."

뒤에서 들려온 목소리에 돌아보자 준혁이 서 있었다. 1년 전 같은 반이었던 준혁의 손목에도 이제는 더 이상 감정 모니터링 밴드가 보이지 않았다.

"너… 학교 돌아왔다며?"

"응. 지난 학기부터. 힘들긴 한데… 괜찮아."

민석은 담담하게 대답했다.

준혁은 잠시 로비의 천장을 올려다보았다.

"이 건물이 예전엔 감정거래소였다는 게 아직도 안 믿겨. 다들 감정 포트폴리오에 집착했었잖아. 자신감 과외니, 자신감 주입이니 하면서."

그는 다시 민석을 바라보며 나지막이 말을 이었다.

"솔직히 쉽지 않았어. 자신감 과외를 안 받으니까 발표할 때마다 목소리가 떨리고, 시험 보기 전엔 불안하고. 그동안 내가 가졌던 자신감이 사실 내 것이 아니었다는 게

감정거래소

너무 우습기도 하고….”

준혁은 뜻밖에도 속마음을 꺼내놓았다.

“근데 이상한 건, 떨면서 발표해도 그게 더 진짜 같다는 거야. 내 목소리 같아. 예전에는 완벽하긴 했는데, 늘 이게 맞나 싶었거든. 지금은 서툴러도 온전히 내 것이라는 느낌이 들어.”

민석은 작게 고개를 끄덕였다.

“나도 아직은 불안해. 매 순간, 시험 볼 때도 그렇고 발표할 때도 그래. 예전 같았으면 이런 불안은 분명 C등급이었겠지. 그런데 이제는 알아. 불안이 꼭 나쁜 감정만은 아니라는 걸. 불안하니까 더 열심히 준비하게 되고, 더 신중해지기도 하더라. 중요한 건 이 모든 감정이 내 것이라는 사실인 것 같아.”

준혁이 옅게 웃었다.

“너 진짜 말 잘한다.”

두 소년은 악수를 나눴다. 1년 전에는 감히 상상할 수 없었던, 오직 그들 자신의 감정으로 맺어진 악수였다.

같은 시각, 여의도의 한 회사에서는 오전 10시에 회의가 시작되었다. 안건은 구조조정이었다. 지난번과 같은

500명 감축안이었다. 그러나 이번에는 회의실 맨 끝에 앉은 남자의 책상 위에 헤드셋이 없었다. 1년 전까지만 해도 그는 헤드셋 없이 회의에 참석한 적이 없었다. 하지만 이제 감정거래소는 무너졌고, 한이수는 더 이상 평온을 생성하지 않았다.

"500명 감축안, 표결에 부치겠습니다."

한 명씩 손이 올라갔다. 찬성. 찬성. 찬성.

그는 책상 위의 자료를 내려다보았다. 감축 대상이 된 500명의 이름 옆에는 나이와 근속연수, 가족 사항이 빼곡히 적혀 있었다.

김정민, 37세, 근속 8년, 배우자 및 자녀 2명
이수진, 45세, 근속 15년, 한부모 가정
박민수, 28세, 근속 3년, 신혼

예전 같았으면 이것은 숫자였을 것이다. 500이라는 변수이자 최적화의 대상일 뿐이었다. 하지만 지금은 달랐다. 그의 가슴이 두근거렸다. 손바닥에는 땀이 배었고, 목은 메었다. 불편했고 괴로웠다. 하지만 그것이야말로 진짜였다. 그는 천천히 입을 열었다.

　　　　　　　　　　　　　　　　　감정거래소

“이사님, 의견 부탁드립니다.”

그의 목소리는 떨리고 있었다.

“저는… 반대합니다.”

회의실이 조용해졌다.

“이 사람들은 숫자가 아닙니다. 김정민 씨에게는 두 아이가 있습니다. 이수진 씨는 혼자 가족을 부양하고 있습니다. 우리가 내리는 결정은 500명의 인생을 바꿉니다.”

그의 목소리는 여전히 떨렸지만, 멈추지는 않았다.

“다른 방법을 찾아야 합니다. 임원 보수 삭감, 복지 조정, 구조 개편. 500명을 자르기 전에 우리가 먼저 할 수 있는 일이 있습니다. 저는 반대합니다. 그리고 대안을 제시하고 싶습니다.”

회의실은 여전히 조용했다. 의장은 잠시 침묵하다가 입을 열었다.

“다음 주까지 대안을 검토하도록 하겠습니다. 오늘 회의는 여기까지 하죠.”

회의가 끝났다. 그는 자리에 남아 창밖을 바라보았다. 여의도 거리가 내려다보였다. 사람들은 각자의 감정을 안고 그 길을 걷고 있었다. 불안해하고, 두려워하고, 때로는 화를 내며 살아가고 있었다. 그가 그토록 주문해왔던 평온은 분명 그를 편하게 만들어주었다. 하지만 동시에 그를 인간이기를 멈추게 만들기도 했다. 이제 그는 불편했다. 그러나 살아 있었다.

사람들은 이제 자신의 감정과 마주했다. 도망치지 않고, 팔아버리지도 않고, 온전히 느끼기 시작했다.

재활 시설이었던 서예나의 공간은 '공감의 집'으로 다시 태어났다. 그곳은 이제 감정을 '느끼는 법'을 가르치는 최초의 공감 교육 기관이 되었다. 그녀는 원장으로서, 진정한 평온은 외부에서 주입되는 것이 아니라 내면의 혼돈을 받아들이는 데서 온다는 진실을 몸소 증명해 보였다.

도윤은 더 이상 시스템을 파괴한 영웅이 아니었다. 그는 '공감의 집'의 설계자이자, 가장 조용한 봉사자가 되어 있었다. 어머니 혜린이 남긴 노트는 늘 그의 곁에 있었다. 그 안에는 27년 전 감정 경제의 초기 설계 단계에서 구상된 수많은 아이디어가 담겨 있었고, 그 중심에는 언제나 '연결'과 '공유'가 있었다. 도윤은 이제야 혜린이 꿈꾸었던 이상과, 그 이상이 어떻게 괴물로 변해갔는지를 또렷하게 이해할 수 있었다. 그는 더 이상 분노로 사람들을 보지 않았다. 대신 깊은 이해를 품고, 사람들의 이야기에 귀를 기울었다.

도윤의 곁에는 언제나 이수가 있었다. 그녀는 '공감의 집' 옥상 정원을 가꾸는 일을 맡고 있었다. 16년 동안 별을 그리워하던 창백한 소녀는 이제 흙의 감촉과 햇살의 온기를 온몸으로 받아들이며 건강하게 피어나고 있었다.

어느 맑은 오후, 도윤은 옥상 정원에서 흙투성이가 된 이수를 발견했다. 그녀는 막 심은 작은 금잔화 옆에 쪼그려 앉아 있었다.

"이수야. 이 꽃은 이름이 뭐야?"

도윤이 묻자, 이수는 부드럽게 웃으며 대답했다.

"금잔화. '비탄에 잠긴 사랑'이라는 꽃말을 가지고 있어요."

"비탄에 잠긴 사랑? 예쁜데 슬프네."

"네, 슬픔도 사랑의 일부니까요. 예전 같았으면 이 '비탄'은 곧바로 팔아버렸겠죠. 하지만 지금은 달라요. 슬픔을 느껴야 기쁨도 더 크게 다가온다는 걸 알아요."

이수는 손을 뻗어 도윤의 손을 잡았다. 그녀의 손에서는 흙냄새와 풀 냄새가 났다.

"그래. 우리가 가진 모든 감정은… 그냥 우리 자신이야."

도윤이 속삭였다. 그의 목소리에는 이제 분노도 공허도 아닌, 따뜻한 무언가가 차오르고 있었다.

"이수야, 도윤 씨."

계단 쪽에서 목소리가 들렸다. 5002호 희망 생성자였고, 8년 동안 캡슐 안에 갇혀 지냈던 최성은이었다. 지금 그는 '공감의 집' 자원봉사자 조끼를 입고 서 있었다. 그의 얼굴에는 잔잔한 미소가 번져 있었다.

"오늘 1층에 상담 신청이 스무 건이나 들어왔어요. 다들 감정을 어떻게 느껴야 할지 모르겠대요."

성은은 옥상 난간에 기대며 말했다.

"저도 처음엔 그랬어요. 8년 동안 희망만 생성하다가 갑자기 모든 감정을 느끼게 되니까 너무 무서웠어요. 특히 절망이요. 희망의 반대편에 있는 그 감정이 이렇게 무겁고 어두운 건지 처음 알았어요."

성은은 잠시 하늘을 올려다보았다.

"그런데 이제는 절망을 느껴본 사람만이 진짜 희망을 건넬 수 있다는 걸 알게 되었어요. 1층에서 사람들 이야기를 듣다 보면, 이제는 그들의 절망이 이해돼요. 예전에는 희망을 생성하기만 했는데, 지금은 희망을 나눌 수 있어요."

“성은 씨, 준서 씨는 요즘 어때요?”

이수가 고개를 끄덕이며 물었다.

“아, 준서요?”

성은이 웃었다.

“그 친구 요즘 정신없어요. 매일 기타 치고, 작곡하고. 어제도 새벽 3시까지 연습실에 있었대요.”

박준서는 5001호의 열정 생성자였다. 그는 10년 동안 캡슐 안에 있었다. 원래 그는 음악을 하고 싶어 했다. 스무 살 무렵, 노바는 그에게 이렇게 말했다.

“당신의 열정은 특별합니다. 우리가 그 열정을 완벽하게 증폭시켜드리겠습니다.”

준서는 그 말을 믿었다. 자신의 열정이 세상을 바꿀 것이라 믿으며 자발적으로 캡슐 안으로 들어갔다. 하지만 그 열정은 단 한 번도 그의 것이 된 적이 없었다. 그는 열정을 생성했지만, 음악을 만들지는 못했다. 기타를 잡을 수도, 노래를 부를 수도 없었다. 10년 동안 캡슐 안에서 텅 빈, 대상 없는 열정만을 끝없이 뿜어냈다.

시스템이 무너진 뒤, 준서는 처음으로 기타를 샀다. 손은 떨렸고 연주는 서툴렀지만, 그것은 분명 그의 소리였다. 지금 준서는 매일 새벽까지 손가락에 굳은살이 박이고 목이 쉴 때까지 연습한다. 10년 동안 하지 못했던 일을 이제야 하고 있었다. 열정을 생성하는 것이 아니라, 열정을 쏟아내는 일이었다.

"준서가 얼마 전에 그러더라고요."

성은이 말을 이었다.

"자기는 10년 동안 '열정 생성자'였지만, 지금은 그냥 '음악이 하고 싶은 사람'이래요. 그게 더 좋대요."

성은은 잠시 말을 멈췄다가 조용히 덧붙였다.

"우린 특별한 존재가 아니었어요."

이수와 도윤이 동시에 그를 바라보았다.

"노바가 우리한테 늘 했던 말 있잖아요. '당신은 특별합니다. 선택받았습니다.' 그거 다 거짓말이었어요. 우리는 특별한 존재가 아니었어요. 그냥 이용당했을 뿐이죠."

바람이 옥상을 스쳐 지나갔다. 이수가 심은 금잔화가 가볍게 흔들렸다. 성은이 다시 말했다.

"하지만 특별할 필요가 없다는 걸 알았어요. 그냥 사람이면 되는 거였어요. 희망을 생성하는 기계가 아니라, 희망도 느끼고 절망도 느끼는 사람. 그게 훨씬 더 가치 있어요."

아래층에서 성은을 부르는 목소리가 들려왔다.

"앗, 저는 내려가볼게요. 오후 상담 시간이라서요. 이수야, 금잔화 예쁘다. 잘 자랄 것 같아."

성은은 계단을 따라 내려갔다. 발소리가 멀어졌다.

도윤과 이수는 다시 둘만 남았다. 그들 아래로는 사람들이 '공감의 집'으로 들어오고 있었다. 누군가는 눈물을 흘리며, 누군가는 환하게 웃으며, 또 누군가는 불안한 걸음으로 천천히 안으로 들어섰다. 감정 시세표는 더 이상 존재하지 않았지만, 그들의 얼굴에는 수천 가지 감정이 실시간으로 흐르고 있었다.

도윤은 어머니의 마지막 말을 다시 떠올렸다.

"네가 만든 아름다운 세상에서 살아가렴."

도윤은 이제야 그 말이 뜻하는 바를 알 것 같았다. 그것은 완벽하게 행복하고 완벽하게 통제된 세상이 아니었다. 불안과 기쁨, 분노와 평온이 함께 존재하고, 사람들 각자가 그 모든 감정을 진심으로 느끼고 나누며 살아가는 세상이었다. 무지개처럼 오색의 감정이 모두 살아 있는 세상.

도윤은 이수의 손을 꼭 잡은 채 옥상 난간 너머로 펼쳐진 도시를 바라보았다. 해가 완전히 지자 별들이 하나둘 모습을 드러내기 시작했다. 이수는 조용히 도윤의 어깨에 머리를 기댔다.

"저 별 보여요?"

이수가 손가락으로 하늘의 금성을 가리켰다.

"응."

"16년 동안 보고 싶었던 별이에요. 캡슐 안에서는 늘 천장만 봤거든요."

"어때?"

"생각보다 작네요."

이수가 웃었다.

"그래도 아름다워요."

두 사람은 다시 도시를 바라보았다. 불빛들이 하나둘 켜지고 있었다. 그 안에서 수백만 명의 사람들이 기쁨과 슬픔, 분노와 평온을 느끼며 살아가고 있었다. 거래되지 않는 감정과 측정되지 않는 마음, 그저 인간의 것인 채로 존재하는 감정들. 세상은 그렇게 다시 인간에게 돌아왔다.

인간으로 산다는 것은 무엇일까요.

감정을 느낀다는 것은 무엇일까요.

감정은 생각보다 먼저 옵니다. 심장이 먼저 떨고, 호흡이 흔들리고, 손끝이 차가워집니다. 우리가 이름을 붙이기도 전에 몸은 이미 알고 있습니다. 그리고 우리는 그 신호를 통해 서로를 읽습니다. 감정은 숨길 수 없고, 꾸밀 수 없습니다.

저는 오래 감정을 연구했습니다. 그리고 감정을 길들이려 했습니다. 정원의 잡초를 뽑아내듯, 불필요한 것들을 잘라내려 했습니다. 그러나 그것은 뽑아도 뽑아도 다시 돋아났습니다.

그러다 마지막에야 알게 되었습니다. 제가 뽑아내려한 것들은 모두, 각자의 정원에서 피어난 꽃들이었습니다. 감정을 느낀다는 것은 살아있다는 증거입니다. 그러니 두려워하지 마세요. 당신의 모든 감정은 당신이고, 당신의 것입니다. 느끼세요. 온전히. 진실하게. 그것이 인간으로 산다는 것입니다.

– 감정 연구자 강혜린의 마지막 노트에서